BIG LIFE

빅라이프

빅 리프 7

우지호 장편소설

초판 1쇄 찍은 날 | 2017년 1월 13일
초판 1쇄 펴낸 날 | 2017년 1월 20일

지은이 | 우지호
펴낸이 | 예경원

기획 | 위시북스
편집책임 | 박우진
편집 | 이즈플러스

펴낸곳 | 예원북스
등록번호 | 제396-2012-000132호
등록일자 | 2012. 7. 25
KFN | 제1-064호

주소 | 경기도 고양시 일산동구 호수로 646-24 위너스21 II 빌딩 206A호 (우)10401
전화 | 031-819-9431 팩스 | 031-817-9432
E-mail | yewonbooks@naver.com

ISBN 979-11-6098-004-2 04810
      979-11-5845-517-0 (set)

BIG LIFE

우지호 장편소설

7

WISHBOOKS MODERN FANTASY STORY

빅 라이프

Wish Books

빅 라이프
BIG LIFE

CONTENTS

56장 빛이 있으면 그림자가 있고   7

57장 이것 또한 지나가리라   29

58장 좋은 기회 아닐까   59

59장 너무 오래 걸렸어   79

60장 높이 멀리 봐야지   103

61장 경주로 가자   123

62장 호러물 좋아하십니까   149

63장 향기가 참 좋습니다   169

64장 나는 무섭군   193

65장 잔소리꾼 여고생 말입니다   213

66장 어디 가지 마   231

67장 두려움에 떨어라   263

56장
빛이 있으면 그림자가 있고

"날이 엄청 춥네요. 바람도 세고."

"야옹."

칼바람에 섞여든 리카의 울음이 대답으로 돌아왔다. 손에 제초가위를 든 재건이 서건우의 무덤가를 빙 돌며 지저분한 부분을 정리하고 있었다.

"이렇게 추운 날에는 뜨거운 국물에 소주 한잔 생각나는 데. 선배님도 똑같으시죠?"

이윽고 작업을 끝낸 재건은 허리를 펴고 손을 툭툭 털었다.

깔끔해진 무덤을 눈앞에 두고 만족스러운 미소가 피었다.

"후우, 그럼 제 추측이 맞다고 믿으며 한잔 올리겠습

니다.”

재건이 종이컵 두 개를 꺼내 소주를 따랐다.

한 잔을 서건우에게 올린 다음 자신도 몸을 옆으로 돌리고 마셨다.

“크~ 아~”

빈속인 데다 추워서 그런지 고작 한 모금에 후끈한 열기가 올라왔다.

“선배님 처음 뵈었던 게 27살 때였는데 벌써 제가 29살입니다. 시간이 너무 빨리 지나가요.”

리카가 다가와 재건의 무릎 위에 앉았다. 리카의 목덜미를 쓰다듬는 재건의 두 눈은 감회로 젖어들고 있었다.

“요즘 많이 피곤하신가 봐요. 글을 쓸 때 아무리 여쭤봐도 대답이 없으셔서요. 그래서 걱정이 많습니다. 주변 사람들은 글이 좋다고 말해주는데 저는 확신이 없어요. 정말 제 글 괜찮은 거 맞을까요, 선배님?”

대답을 기대하지 않은 질문이 겨울바람 속에서 부서졌다.

재건은 한동안 우두커니 앉아 있다가 옷깃을 여미며 자리에서 일어섰다.

“푸념만 늘어놓은 것 같아서 정말 죄송합니다. 선배님 덕분에 오늘의 제가 있는 건데요. 언제나 지켜봐 주시는 거 알고 있어요. 정말 감사합니다. 또 오겠습니다, 선배님.”

재건이 리카를 안아 들고 돌아섰다.

길을 따라 아래로 내려오니 연우가 차 앞에서 대기하고 있었다.

"끝나셨어요?"

"어."

"대선배님이라니, 대체 어떤 분이세요?"

"말해도 모를 거야. 가자."

오늘도 일정이 빠듯했다. 우선 뉴던 사무실에서 감독 태성과 배우 도준, 그리고 원작자 재건까지 3인 합동 인터뷰가 있다. 그다음엔 넥션으로 가서 시나리오 회의를 해야 한다.

"700만 돌파 기념 인터뷰인데 이거 어떡해요?"

운전석의 연우가 차를 몰며 말을 꺼냈다.

"다음 주말 지나면 800만 찍을 거 같은데요. 일주일만 미뤘다가 800만 때 했으면 더 빛날 텐데."

"하여간 그 설레발은 진짜."

나무라듯 말하는 재건의 입가에도 웃음기가 일었다.

예상을 훨씬 웃도는 흥행이다. 손익분기점만 넘겨도 성공이라고 생각했는데 벌써 700만 명이라니.

"다음 영화화는 무슨 작품이 될까요?"

"무슨 벌써 다음 영화화 얘기야. 당장은 오스카의 던전에 집중해야 해서 생각할 여력도 없어."

"꼭 신작이어야 한다는 법 없잖아요? 멍청한 여자도 있고 질풍노도도 있고. 형 예전 작품들 영화화 제의 들어올 수도 있는 거죠. 바다가 있었다가 이렇게 잘나가고 있는데요."

"하하, 그럴까?"

적신호 앞에서 차가 멈췄다.

연우가 진중해진 표정으로 재건을 돌아보았다.

"그리고 제가 전에도 말씀드렸죠? 도준이 형 작가 사무실 놀러오셨을 때요. 전 풍천유의 소설이 더 좋다고요. 오스카의 던전도 영화화되지 말란 법 없다고요."

"너 그때 취했었어."

"취한 거 아니라니까요? 술은 마셨지만 취하진 않았어요. 저 그때 했던 말은 다 진심이었다고요."

"네, 믿어요. 이 작가님."

"아, 억울해. 아아……!"

연우가 오만상을 찌푸리며 몸을 뒤틀었다. 재건은 창 쪽으로 고개를 돌린 채 터지는 웃음을 가까스로 참아내고 있었다.

도로가 한산해서 차는 목적지에 금세 도착했다.

차문을 열고 내려선 재건이 연우에게 손짓하며 말했다.

"추우니까 너도 같이 들어가자."

"저는 괜찮아요, 형. 차에 있어도 돼요."

"여긴 그런 자리 아니야. 인터뷰할 때 옆에 있어도 되니까 리카 데리고 와."

"하하, 그럼 실례하겠습니다."

사무실로 들어서니 약속 시간 15분 전인데도 모두가 와 있었다. 기자와 문답을 주고받고 있던 도준과 태성이 자리에서 일어나 재건을 맞았다.

"오셨어요, 작가님."

"안녕하세요. 일찍들 오셨네요."

재건의 등장으로 인터뷰는 즉시 시작되었다.

사이가 좋은 세 사람인 만큼 분위기는 화기애애했다.

자연스럽고 유쾌한 문답이 시종일관 이어졌다.

리카를 안고 카메라맨의 앵글 밖에 선 연우도 내내 미소를 잃지 않고 있었다.

"……이번엔 하재건 작가님께 다시 질문을 드리겠습니다. 여러 매체를 통해 윤태성 감독님을 향한 신뢰감을 드러내셨는데요. 그 마음은 여전하십니까? 다소 짓궂은 질문일까요?"

대답에 앞서 재건이 피식 웃으며 고개를 가로저었다.

"괜찮습니다. 당연히 그 마음은 여전합니다. 언젠가 제 다른 작품이 영화화가 될 때, 상황이 허락된다면 또 감독님께 부탁드리고 싶습니다."

기자가 생글생글 웃으며 태성 쪽으로 눈길을 주었다.

태성은 가느다란 손가락으로 무뚝뚝한 얼굴을 긁적이며 입을 열었다.

"하재건 작가님의 시나리오라면 언제나 환영이라는 확신이 섰습니다. 호흡도 잘 맞아요. 동해 현장까지 오셔서 매일 저와 논의하시고, 넣을 건 넣고 뺄 건 빼고. 작가님께서도 고생 많으셨죠."

기자가 이번엔 태성과 재건 두 사람을 두고 질문을 이었다.

"우재훈 감독님의 과거 인터뷰 중 발언이 재조명되고 있습니다. 요지를 짚어보자면 당시 우재훈 감독은 바다가 있었다를 두고 손익분기점만 넘겨도 다행이다, 하재건 작가는 시나리오를 제대로 써본 일도 없다, 대학 시절 과제로 써낸 시나리오와 실제 영화 시나리오는 천지 차이다 등등의 발언을 하셨거든요? 아시나요?"

태성과 재건이 고개를 끄덕였고 기자는 말을 계속했다.

"또한 소통이 되지 않으면 현장은 엉망이 된다, 윤태성 감독과 하재건 작가가 모든 장면을 협의해서 찍는다고 하지만 좋은 결과가 나올 거라 생각하지 않는다. 이런 말씀도 하셨는데요. 자, 이제 관객 수 700만 고지를 넘어선 이 시점에 뭔가 하고픈 말씀이 있다면요?"

태성과 재건이 멀거니 서로를 쳐다보며 시선을 교환했다.

곧이어 인터뷰 내내 좀처럼 감정을 드러내지 않던 태성이 품 하고 웃음을 터뜨렸다. 재건은 태성의 팔을 잡고 쓴웃음을 지으며 시선을 내리깔았다.

"그냥 이걸로 대답을 대신해 주시면 될 거 같은데요."

언제 웃었냐는 듯이 무표정으로 돌아온 태성의 말이었다.

기자는 웃음이 터지는 제 입을 틀어막고는 고개를 끄덕였다. 헛웃음을 터뜨린 카메라맨의 렌즈도 흔들리고 있었다.

얼마간 더 시간이 지나고 인터뷰가 종료되었다. 기자는 천만 관객을 기원한다는 말로 작별을 고하고 물러갔다.

카메라가 사라지고 남은 세 사람은 편안한 자세로 몸을 고쳐 앉았다. 연우도 리카를 안고 동석했다.

"감독님은 요즘 어떻게 지내세요?"

"단편영화 하나 찍으려고요. 대학 시절 완성한 시나리오 중 하난데 정신없이 살다 보니 이제야 찍을 여유가 생겼네요."

"기대되네요. 감독님 단편영화 하나같이 좋았습니다."

"이번엔 정말 기대하셔도 될 겁니다. 작품에 꼭 맞는 마스크를 찾았어요."

드르륵!

그때 도준의 핸드폰이 울리며 전화가 걸려왔다. 상대의 이름을 본 그는 받지 않으려고 핸드폰을 뒤집었다. 때맞춰 태성은 화장실에 간다며 자리에서 일어서고 있었다.

"왜 안 받아?"

태성이 나가고 나서도 계속되는 진동에 재건이 물었다. 속으로는 채린이 아닐까 추측하고 있었다. 말없이 앉아 있던 도준은 이내 짜증스런 기색으로 핸드폰을 들었다.

"여보세요."

―안녕하세요, 오빠. 여러 번 메시지도 드리고 그랬는데 한 번도 답이 없으셔서…….

"사적인 용건으로 전화하지 말라고 했죠?"

―죄송해요. 그래도 인사도 드리고 여쭤볼 것들도 있고, 제가 연예계에 달리 이런 걸 여쭤볼 분이 안 계셔서…….

"알았으니까 용건만 말해요."

도준의 목소리가 얼음처럼 차가웠다.

전파 저편에서 가냘픈 여성의 목소리가 천천히 이어지고 있었다.

―사실 저 너무 힘들어요. 세상 모든 사람이 저만 두고 욕하고 있는 것 같아요. 저 어떡해야 돼요? 편의점에 나가는 것도 무서워요.

"아, 진짜."

도준이 눈앞의 허공에 대고 두 눈을 부라렸다. 기세에 압도된 연우가 죄도 없이 양어깨를 움츠렸다.

"그럼 세상 모두가 좋아해 줄줄 알았나? 어딜 가건 좋은 말만 들을 줄 알았어? 내가 분명히 말했었지? 각오가 돼 있으면 오라고. 그때 뭐라 그랬어? 돼 있다고 했지? 배우가 되면 다 견딜 수 있을 거라고 했어? 안 했어?"

－해, 했어요…….

"근데 이제 와서 나한테 징징거려? 세상 만만하지 않다는 걸 이제 알았어? 중학생이야?!"

－으흐흑……!

상대의 흐느낌이 도준의 귀를 울렸다.

도준은 두 눈을 질끈 감고는 가슴을 들썩이며 숨을 몰아쉬었다. 그러고는 이내 전화를 끊어버렸다.

"도준아, 괜찮아? 무슨 일이야?"

"별거 아냐. 미안, 나중에 기회 되면 얘기해 줄게."

재건은 차마 더 묻지 못하고 입을 다물었다. 긴장한 연우가 침을 꼴깍 삼키는 소리만이 조용한 사무실을 울렸다.

바로 그때.

"뭐, 교양?! 지금 나한테 교양이라고 지껄였나?!"

사무실 바깥에서 고성이 울렸다. 누구의 목소리인지 바로 알아챈 도준이 다급히 자리에서 일어섰다. 재건도 어딘지 낯익은 그 음성을 따라 복도로 나섰다.

'우재훈……?'

태성과 재훈이 복도 한가운데에서 맞서고 있었다. 체격이 왜소한 태성 앞에서 재훈은 굵직한 팔뚝을 붕붕 휘두르며 고함을 내지르는 중이었다.

"다시 말해봐! 교양이라고?!"

"네, 교양 좀 갖추시라고 말씀드렸습니다. 언제 봤다고 대뜸 반말을 하십니까?"

또박또박 대답하는 태성은 주눅 든 기색도 없이 당당했다.

"이러지 말고 영화로 말씀하세요. 일단 그쪽도 감독 아닙니까?"

"뭐? 그, 그, 그, 그쪽?!"

재훈의 얼굴이 벌겋게 달아올랐다.

당장 태성에게 주먹이라도 날릴 기세였다. 기겁해서 나서려는 도준을 제치고 연우가 튕기듯이 그들에게로 향했다.

"지금 저희 윤태성 감독님께 뭐하시는 겁니까?"

연우가 등 뒤로 태성을 두고 재훈과 마주 섰다.

재훈은 연우를 위아래로 훑어보고는 삿대질부터 해댔다.

"이건 또 뭐야?! 안 비켜?!"

"죄송하지만 우재훈 감독님께서 비켜주시는 게 좋을 것 같습니다."

"이 자식이?!"

재훈이 멱살을 잡으려 우악스럽게 손을 뻗었다. 그의 손은 채 닿기도 전에 연우의 손에 붙잡혔다. 연달아 날아드는 다른 한 손마저 연우의 손아귀에 묶였다.

"아니, 이런 새파란 놈이?! 이거 안 놔?!"

"역시 영화보다 스파링으로 유명하신 데엔 이유가 있네요."

"이 새끼가?!"

덩치에 자신 있는 재훈이 온몸을 내던졌다.

하지만 상대를 잘못 골랐다.

체격과 근력이라면 연우도 결코 뒤지지 않았다.

"실례 좀 하겠습니다!"

연우가 잡고 있던 재훈의 손목을 그의 등 뒤로 틀었다. 그와 동시에 다른 손으로는 재훈의 뒷목을 붙잡고 벽면으로 밀어붙였다.

"아야야야야야야야얏! 내, 내 팔!"

재훈이 한쪽 뺨으로 벽을 찍어 누르며 비명을 토해냈다.

"너, 너 내가 고소할 거야! 아아악!"

"저는 CCTV의 공정함을 믿습니다. 힘 빼세요. 움직이시면 더 아픕니다."

소란을 들은 사람들이 무더기로 나왔다.

비로소 연우는 잡았던 팔을 놓아주었다.

재훈은 일행들의 부축을 받아 끙끙거리며 사무실 한쪽으로 도망치듯이 사라졌다.

"괜찮으세요, 감독님?"

"저야 괜찮습니다."

도준이 연우를 나무랐다.

"위험하게 왜 나섰어? 나한테 맡기지."

"죄송해요. 순간적으로 몸이 먼저 반응해서요. 그리고 우재훈 감독님인데 도준이 형이 나서시면 아무래도 더 난처한 일이 벌어질 것도 같았고…….."

머쓱하게 뒷머리를 긁적이며 말하는 연우였다.

도준은 일순 말문이 막혀 멍해졌다. 찰나의 순간에 자신과 재훈의 오랜 친분까지 배려해서 직접 나섰다는 얘기다. 외면과 달리 의외로 속이 깊은 연우의 새로운 면모를 본 느낌이었다.

"하재건이 매니저는 정말 잘 구했네, 잘 구했어. 보디가드로도 완벽해."

도준의 칭찬에 이어 태성이 바통을 이어받았다.

"이연우 씨라고 하셨나요? 하 작가님 말고 제 매니저 하시죠. 월급 두 배로 드릴 테니까."

"아하하, 말씀은 감사하지만 전 평생 풍천유 작가님 매니저 계약돼 있어서요."

연우가 소년처럼 큰 웃음을 터뜨렸다. 재건은 말없이 웃으며 그의 등을 토닥여 주었다. 제법 시끄러운 일정이었지만 뒷맛은 깔끔했다.

"오, 오늘은 없어요."

"무슨 소리야. 회의하는 날인데 없다니? 핸드폰 이리 내
놔 봐."

명훈이 혜미의 가방을 뒤져 핸드폰을 끄집어냈다. 속옷 차
림으로 침대에 누워 있던 혜미가 화들짝 일어나 뛰어왔다.

"어, 없어요. 정말로."

"이거 안 놔?"

명훈은 혜미의 손을 거칠게 뿌리쳤다. 그리고 그녀의 핸드
폰을 챙겨 작은 방으로 들어가 문을 걸었다. 방 밖에서 혜미
가 문을 두드려 댔지만 무시하고 녹취 음성을 재생시켰다.

'하, 뭐야. 다들 하재건을 칭찬하고 있으니까 내가 듣고 열
이라도 받을 거라고 걱정한 거야?'

명훈은 비릿하게 웃으며 이어폰을 통해 음성을 듣고 있
었다.

'오스카의 던전' 기획 회의였다.

재건은 없이 규호와 수희, 그리고 기획 팀원들만으로 회의
가 진행되고 있었다.

'별다른 내용도 없군. 멍청한 놈들, 원작 좀 팔린 소설이라
고 빨아대는 꼴이라니.'

조소를 머금은 표정과 달리, 속은 저녁을 먹기 전인데도 더부룩해지고 있었다. 명훈은 더 듣고 싶지가 않아 이어폰을 빼려고 손을 치켜들었다.

바로 그 순간.

―오 작가 진짜, 이거 반의반만큼도 못 쓰나?

"……!"

규호의 퉁명스러운 한마디가 고막을 울렸다.

명훈은 두 눈을 한껏 부릅떴다.

전력을 다한 '용기사들' 시나리오에 관한 규호의 평가가 고작 이거란 말인가. 하재건에 비해 반의반조차도 안 된단 말인가.

이어폰을 빼고 나서도 규호의 한마디가 계속 귓가를 맴돌았다. 명훈은 천장을 올려다보며 몸을 부르르 떨었다. 온몸에서 핏줄기가 불거져 나왔다. 특정한 대상도 없이 강렬한 살의가 솟구치고 있었다.

"명훈 씨! 명훈 씨!"

방밖에서 들려오는 혜미의 목소리가 명훈을 더욱 화나게 만들었다. 저 애절한 음성에는 동정이 가득한 것이다.

주제에 감히 이 오명훈을 동정하다니?

"시끄러워!"

명훈이 문을 벌컥 열고 소리쳤다. 기겁한 혜미가 뒤로 엉덩방아를 찧었다. 그쪽으론 눈길도 주지 않고 씩씩거리며 옷을 챙겨 입는 명훈이었다.

"어, 어디 가시려고 그러시는 거예요?"

"간섭 마."

명훈은 혜미를 자신의 오피스텔에 내버려 두고 밖으로 나섰다.

이제야 자신이 가야 할 길이 명확해졌다. 차에 올라탄 그는 내비게이션을 설정하지도 않고 바로 액셀을 밟았다.

어두운 하늘에서 비가 쏟아져 내리기 시작했다.

빗발을 뚫고 목적지에 도착한 명훈은 굳게 닫힌 차고 앞에 차를 세우고 내려섰다. 오래도록 찾지 않았던 본가 저택이 눈앞에 있었다.

딩동!

초인종을 누르고 선 명훈은 우산도 없이 비를 온몸에 받아 들였다.

흠뻑 젖은 머리칼 끝으로 빗물이 방울져 떨어졌다.

–명훈이냐?

인터폰을 통해 명석의 놀란 음성이 들려왔다.

곧이어 닫혀 있던 문이 원격으로 열렸다. 명훈은 거대한 정원으로 발을 들이밀었다.

빠르게 걸어 현관 앞까지 다다랐을 때.

"여기가 어디라고 함부로 나타나!"

노기 가득한 호통이 마치 천둥과도 같았다.

테라스의 처마 밑에 태진이 서 있었다. 골프 연습을 하고 있던 그의 손에는 기다란 골프채가 들려져 있었다.

"아버지, 고정하세요."

따라나선 명석이 말렸지만 요지부동이었다.

태진은 거칠게 명석의 손길을 뿌리쳤다. 골프채는 명훈의 코끝을 가리키고 있었다.

"부모를 외면하고! 제 형에겐 악담이나 하고! 제 잘난 맛에 취해 망나니처럼 굴던 놈이 이제 와서 무슨 낯짝으로 기어들어 와?! 당장 나가지 못해?!"

명훈은 우두커니 서서 빗물에 온몸을 적시고 있었다.

온몸의 떨림은 비로 인한 추위 때문이 아니었다.

격정으로 요동치는 가슴을 움츠리며, 그는 가까스로 입을 열었다.

"잘못했어요, 아버지."

"아버지라고 부르지도 마!"

"한 번만 기회를 주세요. 좋은 아들이 될게요."

"말로 해서는 안 되겠군! 당장 집 밖으로 끌어내! 강 기사! 강 기사는 어딜 갔나!"

태진이 골프채를 내던지고 사방을 두리번거리며 소리쳤다.

명석은 그저 발을 동동 구르고 싶은 심정이었다. 건실한 장남인 그도 이렇게까지 화가 난 아버지를 말릴 수 있는 능력은 없었다.

털썩!

명훈이 차디찬 대리석 바닥에 무릎을 꿇었다.

태진이 성난 눈빛으로 돌아보았다.

일순 번개가 치면서 세상이 밝아졌다.

찰나의 섬광 속에서 명훈의 붉게 물든 두 눈과 시선이 교차했다.

"뭐든지……."

입으로 흘러든 빗물을 삼키며 명훈은 말을 이었다.

"시키시는 대로 뭐든지 할게요. 말단 직원이라도 좋아요. 웅성에서 창고직을 시켜주셔도 좋고, 지방 총판 영업을 시키셔도 두말없이 따르겠습니다."

"저, 저……! 시켜줄 사람도 없는데 김칫국부터 퍼마시는 거냐?"

"아버지의 아들로서가 아니라 웅성의 직원으로 받아주세요. 제 능력이 나쁘지 않다는 거 아버지도 인정해 주시리라 믿어요. 모자란 인성은 이제부터 챙기겠습니다. 어머니에게도…… 어머니에게도 잘하겠습니다.”

말을 마친 명훈은 이마를 땅바닥에 대고 두 눈을 질끈 감았다.

이 자리에서 할 수 있는 말은 모조리 토해냈다.

이제는 아버지의 결정만이 남았다.

태생부터 주어졌던 힘을 부정하지 않겠다.

코흘리개 어린 시절부터 나에게 깍듯이 존대를 했던 어른들, 만원 지하철과 버스 한 번 타는 일 없이 학교에 다녔던 학창 시절, 원하는 것이라면 무엇이라도 손짓 한 방에 얻어낼 수 있었던 환경.

모든 것이 애초에 나의 힘이며 타고난 능력이었다.

누구도 알아주지 않는 나만의 응어리는 이 순간 모두 버리겠다.

쓸 수 있는 건 전부 써서 성장하겠다.

나의 어머니를 위해서라도.

당신께서 쉴 공간을 내 가슴 안에 유지하기 위해서라도.

“내보내!”

태진이 다시금 소리치고 집 안으로 매몰차게 돌아섰다.

명석이 이러지도 저러지도 못하고 있자 다시금 호통이 울렸다.

“네 녀석도 같이 쫓겨나기 싫으면 당장 들어와!”

"네, 네, 아버지."

명석은 어쩔 수 없이 집 안으로 이끌려 들어갔다.

문이 닫히고 모든 조명이 꺼졌다. 무거운 어둠이 내리깔린 정원에서 명훈은 무릎을 꿇고 엎드린 몸을 움직이지 않았다.

젖은 두 눈을 감으니 이상하게 빗물이 뜨거웠다.

저녁이 지나고 자정이 넘었다.

밤새도록 내리던 비가 새벽녘부터 가늘어지기 시작했다.

시리도록 추운 겨울의 밤은 무척 길었다.

오전 7시가 가까워 오고 있었지만 아직도 세상은 어두컴컴했다.

명훈은 여전히 차가운 정원 바닥에 그대로 머물러 있었다.

온몸에 감각이 없었다.

정신마저 혼미해지고 있었다.

그래도 그는 움직이지 않았다.

어차피 선택지는 둘 중 하나였다.

죽거나, 혹은 집에 들어가거나.

얼마나 더 시간이 지났을까.

"독한 녀석……."

의식을 잃기 직전인 명훈의 귀에 태진의 목소리가 희미하게 들려왔다. 나직한 한숨 소리도 분명히 빗발을 뚫고 고막으로 파고들었다.

"그만하면 됐다. 들어가서 쉬어라."

태진의 허락이 떨어지자마자 명훈은 모로 풀썩 몸을 무너뜨렸다. 명석과 가정부가 뛰어와 그의 몸을 부축했다.

동이 터오고 있었다.

57장
이것 또한 지나가리라

"새해 복 많이 받으세요."

재건과 재인이 함께 세배를 끝내고 앉았다.

맞은편의 석재와 명자는 구정을 맞아 재건이 선물한 한복을 곱게 차려입고 있었다.

"아이구, 우리 아들. 살이 조금만 더 쪘으면 좋겠어. 그래도 작년에 비해선 아주 보기 좋아졌어, 응? 잘생겼어, 내 아들."

명자는 몸을 당겨 재건을 끌어안아 주고는 뒤이어 재인을 품에 안고 등을 다독여 주었다.

"재인이도 다 잘 풀리고 얼마나 좋아. 너 진짜 좋은 딸이고 좋은 누나야. 네가 있어서 재건이도 이만큼 잘한 거야."

"그만해, 엄마는. 내가 뭘 한 게 있다고."

석재가 짐짓 헛기침을 하고는 입을 열었다.

"나는 너희들에게 바라는 거 딱 하나다. 건강하자."

"네, 아버지."

"근데 그…… 기왕 말 나온 김에 너희들, 거, 연애 좀 하고 살아라."

재건과 재인이 서로를 쳐다보며 피식 웃었다.

명자가 기다렸다는 듯이 석재의 뒤를 이었다.

"이것들이 웃어? 야, 하재인. 너 이제 서른둘이야. 재건이 보다 네가 더 문제야. 너 남자 친구 안 사귈 거야?!"

"깜짝이야. 엄만 또 왜 소릴 지르구 그러셔? 다 때가 되면 좋은 사람 만나겠지 뭐."

"얘가, 얘가. 아직도 제 나이를 모르고 이렇게 태평한 소리만 하네. 쯔쯔쯔……!"

명자는 기막히다는 듯이 혀를 차면서 뒤로 몸을 뺐다. 그리고 그녀는 한 가지 기억을 떠올리고 무릎을 탁 치며 재건에게 물었다.

"그래, 재건아. 너 수희라는 아가씨 최근에도 만나니? 왜, 디지털문학상 받을 때 왔던 그 참한 동기 말야."

"으음, 뭐 그냥……."

"너 그 아가씨한테는 일절 마음 없는 거니? 너랑 동갑이면 올해 스물아홉이잖아? 여자는 남자랑 달라. 그렇게 예쁜 여자인데 눈독 들이는 남자가 한둘이겠어? 누가 금세 낚아채기라도 하면 어쩌려고 그러니?"

재건이 무안한 웃음을 빼물고 고개를 가로저었다.

궁금함을 참지 못한 석재가 명자에게 나직이 물었다.

"어떤 아가씬데 그래?"

"재건이 동기 중에 아주 예쁘고 싹싹한 아가씨가 있어. 당신도 보면 엄청 좋아할걸? 재인이가 말해주는 거 들으니 능력도 좋대. 요리도 잘하고 못하는 게 없대."

재건이 놀란 눈으로 재인을 쏘아보았다. 재인은 뜨끔한 표정으로 먼지도 없는 바닥을 쓸며 딴청을 피우고 있었다.

이윽고 석재가 말했다.

"한번 집에 데려오지."

"집에요?"

"그 아가씨만 부르기 뭣하면 정진이나 다른 동기들이랑 같이 초대해 봐."

석재는 몹시 흥미가 동한 눈치였다.

할 말을 찾지 못한 재건은 입을 다물고 딴 곳으로 시선을 돌렸다.

세배가 끝나고 재인은 설거지를 시작했다. 그 뒤로 다가간 재건이 그녀의 귀에 대고 으르렁거리듯이 속삭였다.

"이 고자질쟁이."

"내가 뭘 어쨌다구."

"앞으로 누나한테 뭔 말 하나 봐라."

"야, 하재건, 엄마 말씀 틀린 거 하나도 없어. 너, 수희 씨 안 잡으면 이제 놓친다? 너도 마음 있지? 너도 눈이 삔 거 아니면 수희 씨 예쁘다는 거 알 거 아냐."

"내가 알아서 할 문제야."

"그러니까 그 문제가 뭔데? 누나한테 털어놔 보지? 응?"

"안 넘어갑니다, 하재인 여사님."

재건은 그날 하루를 본가에서 편안히 보냈다.

상쾌하게 몸을 일으킨 이튿날 아침.

커피 한 잔을 마시며 핸드폰을 확인해 보니 소미로부터 메시지가 와 있었다.

-하 작가님, 연휴는 즐거우신지 모르겠네요. 죄송한데 제가 컨디션이 약간 안 좋아서 내일 오스카의 던전 웹툰 논의하기로 한 거 지킬 수 있을지 모르겠어요. 정말 죄송해요.

재건이 표정을 굳히고 고개를 갸웃거렸다.

메시지에 나온 것처럼 컨디션이 약간 안 좋다는 이유만으로 약속을 어길 소미가 아니라는 생각이었다.

정말로 많이 아프거나 아니면 다른 사정이 있을 터다.

벽시계를 보니 오전 9시가 넘어가고 있었다.

재건은 정원의 채소밭 앞으로 나와 전화를 걸었다. 항시 금세 받곤 했던 소미가 오늘은 달랐다. 계속해서 신호음만 지루하게 울리고 있었다.

'아직 자는 건가.'

재건이 핸드폰을 거둬들이려는 순간 전화가 연결되었다.

떨리는 숨소리 뒤로 소미의 목소리가 이어졌다.

─네, 하 작가님…….

재건이 자기도 모르게 자리에서 일어섰다. 기력이 바닥난 소미의 목소리는 단번에 그녀가 몹시 앓고 있음을 일러주고 있었다.

"많이 아프세요? 어디가 아프신 거예요?"

─그냥…… 감기 몸살인 거 같아요……. 죄송해요……. 게임 제작이 빨라져서 속도 내야 하는데…….

"웹툰은 지금도 충분히 빠르거든요? 벌써 올라오신 거죠? 약은 드셨어요? 병원을 가는 게 최곤데, 연휴라도 하는 곳 찾아보면 다 있어요."

─이렇게 푹 자면 또 금세 나을 거예요……. 본의 아니게 걱정 끼쳐 드리는 것 같아서 정말…… 죄송해요…….

재건은 꺼져 드는 소미의 숨소리를 들으며 이마를 싸맸다.

가족도 없이 서울에서 홀로 생활하는 그녀를 내버려 둘 수 없었다. 게다가 다른 누구도 아닌 내 일을 도와주고 있는 내 사람이다.

"집으로 갈게요."

─네?

"제가 직접 보고 판단할게요. 정말 마음을 놔도 될 수준인지 아닌지. 한 시간 반이면 갈 테니까 그렇게 아세요. 끊습니다."

─하, 하 작가님……?!

재건은 전화를 끊고 서둘러 준비를 끝마쳤다.

간단하게 사정을 설명하니 가족들도 이해하고 넘어가 주었다.

"운전 조심해서 가. 전화하고."

"알았어, 누나. 아버지랑 엄마도 들어가세요."

연휴를 맞은 수도권의 도로는 무척이나 한산했다.

덕분에 재건은 빠른 속도로 차를 몰아 소미가 사는 노량진에 도착할 수 있었다.

'여기가 맞지?'

소미의 원룸 주소는 오래전 업무를 하던 과정에서 알게 됐다. 태원을 통해 물어볼 수도 있었지만 괜히 걱정할까 봐 자신의 메일함을 뒤져 주소를 직접 찾아냈다.

차를 세우고 내려선 재건은 한달음에 계단을 밟고 3층으로 올라갔다.

301호 앞에서 초인종을 누르자 이윽고 문이 열렸다.

"안녕하세요, 하 작가님……."

소미의 온몸이 땀으로 젖어 있었다. 벌겋게 달아오른 얼굴은 보기만 해도 열기가 느껴질 정도였다. 흐릿한 두 눈에는 초점이 없었다.

"이게 괜찮은 거예요? 어디 좀 봐요."

재건이 그 자리에서 소미의 이마를 손으로 짚었다. 불처럼 뜨거웠다. 기겁해서 손을 뗀 그는 바로 겉옷을 벗어 소미에게 입혀주었다.

"나오세요. 병원 가게. 미리 말씀드리는데 쓸데없이 두말하게 하지 마시고요."

재건은 소미를 부축해 차에 태우고 내비게이션을 작동시켰다. 가장 가까운 근처 대학 병원 응급실로 목적지를 설정한 다음 그는 액셀을 밟았다.

BIG LIFE

"조금 쉬었다가 가시면 되겠습니다."

"네, 고맙습니다."

해열 주사를 맞은 소미는 침대에 곤히 잠들어 있었다. 링거를 통해 수액이 그녀의 몸으로 천천히 흘러드는 중이었다.

재건은 조용히 곁을 지키며 소미의 얼굴을 바라보았다. 그간 그녀와 겪었던 수많은 일과 그에 따른 상념이 휘몰아쳤다.

내 건강은 그렇게 걱정하더니 정작 자기 몸은 챙기지 않았던 건가.

'나라도 있어서 다행이었지.'

어쨌든 이제는 안도할 수 있는 재건이었다. 이렇게라도 지금까지 받은 그녀의 은혜에 보답할 수 있어서 뿌듯했다.

드르륵!

소미가 입은 카디건 주머니에서 진동이 울렸다. 꺼내 보니 '이수정 언니'라는 이름이 화면에 떠오르고 있었다.

'누구지? 어쩐지 이름이 낯익은데.'

재건은 의아해하면서도 일단 남의 전화이기 때문에 받지 않았다.

그리고 잠시 후, 메시지가 날아들었다.

-소미야! 많이 아파?! 왜 전화를 안 받아! 나 지금 집에서 올라가고 있어! 금방 갈게!

액정 위로 뜬 메시지를 확인한 재건은 고민 끝에 핸드폰을 잡았다. 그리고 이수정 언니라는 사람의 번호로 전화를 걸었다.

—여보세요? 소미야?!

"소미 씨 지금 응급실에 와 있습니다. 링거 맞으면서 자고 있어서 제가 대신 받았습니다."

—아아아, 네, 다행이다. 아, 저는 소미 전 직장 동료거든요. 죄송하지만 전화 받으신 분은 어떻게 되시는지……?

재건이 비로소 상대를 기억해 내고 웃으며 대답했다.

"스타벅스 이수정 대리님이셨군요. 저 하재건입니다."

—어머머! 어머머! 하재건 작가님이셨어요?! 어쩐지 저도 이상하게 자꾸만 목소리가 익숙하다 생각했어요! 잘 지내셨어요?! 새해에 인사도 못 드리고 죄송해요!

"저도 죄송합니다. 잘 지내시죠? 스타벅스는 별일 없고요?"

—저는 잘 지내고 있어요. 스타벅스는 별일 없는지가 아니라 오늘은 또 무슨 일이 있었는지를 물어보시는 게 좋을 거 같아요.

"아하하…… 네."

—아무튼 하 작가님이 곁에 계셔서 저는 마음 놓았어요. 이제부터는 속도 지켜서 안전하게 운전할 수 있겠네요. 오호

호……! 소미가 참 하 작가님 일이라면 밤낮을 안 가리고 열심히 해요. 통화할 때마다 하 작가님에 대한 얘길 안 하는 적이 없어요. 아이구, 혼자 말이 많아서 이 입방정! 그럼 부디 잘 부탁드릴게요.

"알겠습니다, 언제 한번 뵈어요."

—저야 불러만 주시면 튀어 나가죠! 오호호. 그럼 끊겠습니다, 하 작가님.

전화를 끊은 재건은 핸드폰을 다시 소미의 카디건 주머니에 넣었다. 손을 거둬들이려는 찰나, 스르륵 미끄러지듯이 내려온 소미의 다섯 손가락이 재건의 손목을 살며시 쥐었다.

"일어났어요? 이제 좀 괜찮아요?"

어느새 두 눈을 뜬 소미에게 재건이 물었다.

소미는 약 기운에 취해 흐릿한 두 눈으로 재건을 바라보고 있었다.

"어디 가지 마세요."

"네……?"

"안 보이는 데로 가지 마세요. 여기 계세요."

응급실 문이 열리고 새로운 환자가 밀려들었다.

소미와 시선을 교환하고 있는 재건에게는 그 어떤 소리도 들려오지 않았다.

"무서워서 그래요. 보이는 데 계셔주세요."

오직 소미의 목소리만이 또렷하게 전해져 왔다.

재건은 자신의 손목을 잡은 그녀의 다섯 손가락 가득히 애타는 힘이 들어가는 걸 느꼈다.

꿀꺽.

자기도 모르게 침을 삼켰다.

그저 아프고 무서워서일까.

확실히 소미의 분위기가 평소와는 사뭇 달랐다.

"여기 있을게요."

재건이 소미의 손등을 가볍게 두드려 주며 말했다.

"화장실도 안 갈 테니 걱정하지 말고 조금 자요."

소미의 입가에 희미한 웃음기가 일었다. 뒤이어 두 눈이 천천히 감겼다. 손은 여전히 재건의 손목을 놓지 않고 있었다.

재건은 줄곧 곤히 잠든 소미의 곁을 지켰다. 수액이 다 흘러들고 나서는 살며시 그녀의 상체를 일으켜 등에 업었다. 언제 새로운 환자가 들이닥칠지도 모르는 응급실이라 오래 머무를 수만도 없던 까닭이다.

'……?'

기척을 느낀 소미가 살포시 잠에서 깼다. 의식이 몽롱했던 그녀는 별다른 저항 없이 재건에게 몸을 맡겼다. 재건에게 업히고, 그의 차에 태워지고, 집까지 가는 시간이 내내 꿈결처럼 느껴지기만 했다.

"소미 씨, 죄송한데 비밀번호가 뭐예요?"

"6…… 4…… 1…… 5요……."

재건은 소미를 등에 업은 채로 현관의 비밀번호를 누르고 문을 열었다. 원룸 구석에 침대가 보여서 바로 소미를 그곳에 눕혔다. 소미는 새근새근 숨소리를 내며 다시금 깊은 잠에 빠져들었다.

'원룸이 많이 좁네.'

재건은 처음으로 방문한 소미의 작은 방을 한 바퀴 돌아보았다. 자신이 살았던 원룸보다도 훨씬 비좁았다.

침대와 책장, 컴퓨터가 놓인 작업대가 평수의 대부분을 차지하고 있었다.

'죽이라도 끓여놔야겠지.'

오랜 자취 생활 덕분에 간단한 야채죽 정도라면 자신이 있었다. 재건은 냉장고를 뒤적여 재료를 찾아 냄비에 죽을 끓였다. 맛있는 냄새 때문인지 꿈 때문인지 잠든 소미의 얼굴이 다시 미소를 띠고 있었다.

BIG LIFE

'으음…….'

등줄기가 땀으로 흥건해서 불쾌감이 일었다.

소미는 얼굴을 찌푸리며 몸을 모로 돌렸다. 양 눈꺼풀이 파르르 떨리며 위로 올라갔다. 시야 한가운데에서 한 사람의 얼굴이 흐릿하게 비쳤다.

'하 작가님……?'

흐릿했던 소미의 초점이 올곧게 맞춰졌다.

재건이 침대 머리맡에 두 팔을 괴고 잠들어 있는 것이 아닌가.

'설마 계속 여기서 나를……?'

소미는 밤 10시가 넘어가는 벽시계를 보고 얼마나 오래 잤는지를 실감했다. 찌뿌드드한 상체를 일으켜 앉으니 현기증이 났다.

'맙소사, 내 얼굴 좀 봐!'

소미는 벽거울에 비친 자기 얼굴을 보고 기겁했다.

머리가 제멋대로 흐트러진 데다 안색은 한없이 초췌했다. 후줄근한 트레이닝복 상의까지 곁들여진 이런 모습을 재건에게 보이다니. 치욕스러웠다.

소미는 살금살금 일어나 욕실로 들어갔다. 재건이 깰까 봐 물도 세게 틀지 못하고 얌전히 샤워를 끝마쳤다. 깔끔한 옷으로 갈아입고 이 대리와도 간단히 통화한 다음 그녀는 욕실 문을 열고 나왔다. 희뿌연 수증기가 한가득 빠져나갔다.

'죽도 끓여 두셨네?'

소미는 싱긋 웃으며 가스레인지를 켰다.

죽이 데워지는 동안 작은 상을 펴고 수저를 놓았다. 재건이 먹을 계란말이와 김치찌개도 만들었다.

"으음……? 언제 일어나셨어요, 소미 씨?"

기척을 느끼고 깨어난 재건이 풀린 눈으로 물었다. 하품을 억지로 되밀어 넣는 그의 표정을 보고 소미는 쿡쿡 웃었다.

"조금 전에 일어났어요."

"몸은 좀 어때요? 나아졌어요?"

"해열제 맞고 수액도 맞았잖아요. 저 원래 튼튼해서 금방 나아요."

"다 기억하시네요."

"몽롱했던 거지 의식을 잃진 않았어요. 후훗."

소미가 준비한 음식을 하나하나 상으로 가져다 놓았다.

재건이 일어나서 도우려는 걸 그녀는 억지로 눌러 앉혔다.

"정말로 다 나았다니까요."

"무리하면 안 된다고요."

"무리 저얼~ 대 아니거든요? 저 때문에 식사도 못 하셨죠? 금방 밥 드릴게요."

준비를 끝낸 소미가 밥상을 두고 마주 앉았다.

재건은 쌀밥, 그녀는 죽이었다.

"잘 먹겠습니다."

"저도 잘 먹겠습니다."

온종일 굶었던지라 허기졌던 재건은 부지런히 숟가락을 놀렸다. 소미가 만든 음식들을 먹으면서 그는 두 눈을 휘둥그레 떴다.

"이제 보니 소미 씨 음식이 어머니 손맛이네요."

"아, 정말요?"

"소미 씨네 동해 민박집에 있을 때 어머니께서 그러시더라고요. 소미 씨가 자기 닮아서 음식은 잘한다고요."

"부정은 안 할래요."

"하하하."

즐겁게 식사를 마치고 난 뒤에는 재건이 박박 우겨서 설거지를 했다. 그사이에 소미는 후식으로 먹을 과일을 깎고 차를 탔다.

"이것만 마시고 갈게요."

찻잔을 들면서 재건이 말했다. 순간적으로 흔들리는 소미의 두 눈을 그는 보지 못했다.

"서두르지 마시고 천천히 계시다 가세요."

"저 있으면 푹 못 쉬시잖아요. 가야죠."

"리카 때문에 그러세요?"

"리카는 수원 본가에서 잘 쉬고 있어요."

소미가 찻잔을 내려놓고 손가락을 꼼지락거렸다. 이제야 몸이 얼마간 회복돼서 정신을 차렸는데 헤어져야 하다니. 재건과 좀 더 시간을 보내고 싶었다.

"아……!"

이내 소미는 한 가지 생각을 떠올리고 구석의 가방을 끌어당겼다. 안에 담겨 있던 태블릿 PC를 빼 들며 그녀가 물었다.

"깜박하고 있었는데요. 논의하기로 했던 거요. 오스카의 던전 웹툰 10~16화 러프 한번 보시겠어요?"

"아, 저도 잊었네요. 보여주세요."

재건은 태블릿 PC를 받아 들고 소미가 작업한 웹툰을 차분히 검토했다. 미소를 그린 입가에서 감탄스런 기색이 물씬 묻어났다.

"좋아요. 재미있고, 연출도 마음에 들고요."

"정말이세요? 다행이다. 사실 애는 썼어요. 이수희 팀장님께서 예상보다 마케팅 일정이 빨라질지도 모르겠다고 하시더라고요. 참고할 기존 모델이 있어서 게임 제작이 빨라졌다나요? 그래서 16화 분량까지는 가능하면 빨리 확보하고 싶다고 하시네요."

재건이 씁쓸히 웃으며 고갯짓을 해 보였다.

수희가 급하다고 했다면 정말로 급한 거다. 없는 일로 재촉할 사람은 아니다.

어쨌든 덩달아 재건도 서둘러야겠다는 생각이 들었다.

"오래되셨죠? 두 분."

소미가 차 한 모금을 마시고는 떠보듯이 물었다.

재건은 화면에 시선을 내리깐 채 고개를 끄덕였다.

"음, 네. 그렇죠. 대학 때부터 친구니까요."

"많이 친하셨던 것 같아요."

"글 쓰는 성향이 비슷하거든요. 개인적으로 배울 점이 많아요. 자기관리도 철저하고."

"제가 봐도 그래요. 대단한 분이라는 생각이 들어요."

"소미 씨 그림 실력도 대단해요."

재건이 웃으며 말을 받았고 소미는 더 묻지 못했다.

사실은 알고 싶었다.

재건이 수희를 어떻게 생각하는지, 정말로 동기 사이인 건지, 아니면 여자로서 보고 있는 건지.

그런 속도 모르고 재건은 일에 대한 얘기를 늘어놓았다.

"17화는 바로 오스카가 던전에서 드래곤의 아티팩트를 획득하는 장면으로 들어가면 되겠네요. 길드장과의 갈등 여지를 말미에 넣고요."

"네, 저도 그렇게 생각했어요."

"웹툰 전개 속도가 빠르니까 다음 화부터는 음…… 잠시만요. 이럴 게 아니라 저도 차에서 노트북 좀 가져올게요. 문서로 정리를 해야지."

재건이 다급히 자리에서 몸을 일으켰다. 그가 신발을 신고 나가자마자 소미는 작게 웃음을 터뜨렸다. 집에 간다고 할 땐 언제고 노트북을 가져오겠다니. 일에 빠지면 다른 생각을 못하는 건 예나 지금이나 차이가 없는 듯했다.

"자, 그럼 시작해 볼까요?"

금세 노트북을 가져온 재건과 소미의 작업이 시작되었다.

소미는 자신의 책상에서, 재건은 밥상에 노트북을 두고 바닥에 앉아서 의견을 교류하며 작업했다.

"하 작가님, 이런 연출은 느낌 어떠세요?"

"어, 좋은데요? 이거 소미 씨가 지금 짠 콘티예요? 콘티맨 따로 없어도 되겠네."

"실력이 아주 쪼오금 늘긴 했어요. 하 작가님은 지금 8권 쓰시는 거죠?"

"아, 겸사겸사 플롯 정리한 거 다시 점검하고 있어요. 이거 아까도 말씀드렸지만 전개가 워낙 빨라서 마음이 급해지는데요? 내가 그동안 너무 놀았나."

재건이 자조하듯 한숨을 내쉬며 타자를 두드렸다.

의자에 앉은 소미는 몰래 재건을 내려다보았다. 기운을 회복한 몸 안에서 심장이 콩닥콩닥 뛰고 있었다. 자신의 작은 방 안에 재건과 함께 있다는 사실이 믿어지지 않았다.

"한 시간만 작업하고 돌아갈게요."

재건이 노트북 화면에 두 눈을 박은 채로 말했다.

"소미 씨 쉬어야 돼요. 저 혼자 콘티 양식 작성하게 두고 소미 씨가 누워서 쉬면 모르겠지만. 저 있으면 계속 일하실 거잖아요."

"정말로 괜찮은데요……."

"안 믿습니다."

재건이 씩 웃으며 고개를 들었다.

바로 그 순간, 의자에 앉아 있는 소미의 옷차림이 처음으로 한눈에 인식됐다. 펑퍼짐한 맨투맨 티셔츠에 짧은 청바지였다. 의자 밑으로 꼬고 있는 두 발은 흰 양말이 감싸고 있었다. 양말 발목에 새겨진 고양이 자수가 낯익었다.

'이 장면을 내가 꿈에서 봤나.'

소미의 다리가 참 예쁘다는 생각과 더불어 문득 기시감이 느껴졌다. 분명히 언젠가 소미와 있을 때 이런 느낌을 받았던 적이 있다. 언제인지 도통 생각이 나지 않았다.

'아……!'

막상 시야에 들어오고 나니 지속적으로 신경이 쓰였다.

소미는 작업 내내 반바지를 입은 두 다리를 가만 놔두는 법이 없었다. 의자 위로 양 무릎을 모으기도 하고, 양반다리를 하기도 하고, 다시 아래로 내려 발끝을 꼼지락거리는 등 한시도 쉬질 않는 것이다.

재건도 엄연한 남자였다.

안 그래도 소미는 귀여운 여자다. 아담하면서 늘씬한 몸매도 나무랄 데 없다. 풍만한 허벅지에서부터 발목까지 곱게 이어지는 각선미야 진즉부터 인정하는 바였다.

'나도 의자가 있었으면.'

작가 사무실에서는 한 번도 소미의 맨다리를 의식한 적이 없었다. 차라리 눈높이라도 맞았으면 이렇게까지 집중력이 흐트러지지는 않았을 것을.

재건은 억지로 노트북에 시선을 돌리고 남은 작업을 서둘렀다.

두 편의 스토리를 문서로 작업하고 나니 정확히 한 시간이 지나 있었다.

재건은 메일을 보내고 나서 노트북 전원을 껐다.

"소미 씨, 지금 메일로 보내놨어요."

"아아, 네……. 이제 가시려고요?"

"가야죠. 소미 씨 빨리 쉬게 만들려면."

재건이 노트북을 챙겨 가방에 넣었다. 소미는 조바심으로 발이라도 동동 구르고픈 심정이 되었다. 충동적으로 벌떡 일어선 그녀는 자기도 모르게 말을 내뱉었다.

"제가 치, 침대에 누우면 있어주실래요?"

"⋯⋯?"

어안이 벙벙해진 재건이 고개를 치켜들었다.

소미는 자신이 한 말에 놀라서 얼굴을 붉혔다. 그러면서도 꿋꿋하게 할 말은 이었다.

"제가 안 쉬어서 가는 거라고 하셨잖아요. 제가 쉬면 여기서 작업하시겠어요? 그러니까 제 말은⋯⋯ 작업하시다 중도에 끊기면 그렇잖아요. 물론 제 방이 좁아서 불편하신 건 있겠지만 그래도 작업을 하시던 중이셨으니까 그⋯⋯."

재건이 알아들었다는 듯이 만면에 웃음을 비쳤다. 자리에서 일어선 그는 어깨에 가방을 메고 대답했다.

"제가 불편한 건 없어요. 소미 씨가 불편하셔서 그렇지. 그럼 갑니다. 죽 버리지 말고 꼭 다 드세요."

방은 좁았고 당연히 현관까지의 거리도 짧았다. 그런데 벌써부터 소미의 시야 속에서는 재건의 뒷모습이 한참이나 아득해지고 있었다.

드르륵!

재건이 신발을 신다 말고 핸드폰을 꺼내 들었다. 수희로부터 걸려온 전화를 그는 거리낌 없이 즉시 받았다.

"어, 수희야. 아니, 나 잠깐 일이 있어서 바깥이야. 웹툰 때문에? 안 그래도 그걸로 소미 씨랑 작업하고 있었어. 응,

아니, 여기 집은 아니고. 그래, 일정은 무리 없을 것 같은데?
근데 마케팅 일정이 그렇게 빨라졌어?"

소미는 수희와 통화하는 재건을 보며 어금니를 꽉 깨물
었다. 두 사람의 오랜 친분이 통화하는 모습만으로도 확연히
전해져 왔다. 그래서 불안하고 초조했다. 모순되게도 그러한
두려움이 이 순간만의 용기로 탈바꿈했다.

"그래, 내가 이따가 다시 전화할게."

전화를 끊은 재건이 핸드폰을 주머니에 넣고 있었다.

소미는 한 걸음 앞으로 내디뎠다.

어디선가 목소리가 들려오는 듯했다. 지금 이 순간을 지나
쳐 버리고 나면 두 번 다시 마음을 표현할 기회가 오지 않을
거라고.

그래서…….

소미는 목소리에 떠밀려 나가 재건의 팔목을 붙잡았다. 놀
란 재건이 흠칫 몸을 떨며 돌아보고 있었다.

"소미 씨?"

"하 작가님은 저…… 어떻게 생각하세요?"

서투르고 못난 행동이란 자각은 하고 있었다.

처음이었다.

중학교, 고등학교를 지나 2년간 전문대학을 다니던 시절
에도 이런 감정을 느끼게 하는 남자를 만나 본 적이 없었다.

"……저 어떻게 생각하시는지 궁금해요."

소미가 고개를 푹 수그린 채로 거듭 물었다.

재건은 대답하지 못하고 침을 한 번 삼켰다.

소미의 말이 무엇을 뜻하고 있는지 알아듣지 못할 바보는 아니었다. 응급실에서부터 평소와 달랐던 분위기도 느끼고 있던 차였다.

"저 서울 생활하면서 하 작가님한테 정말 많은 도움 받았어요. 언제나 따뜻하게 웃어주시고, 위로해 주시고, 제 보잘것없는 실력 알아주시고……. 얼마나 많이 고맙고 죄송한지 설명할 수도 없어요."

고개 숙인 소미의 호흡이 빠르게 거칠어졌다.

재건은 숙연해진 마음으로 묵묵히 섰다.

지금 그녀의 말이 얼마나 큰 용기를 필요로 하는지 알고 있기에.

"기억하세요? 제가 하 작가님 원룸에 처음 방문했을 때, 저에게 통조림 부탁하셨던 날이요."

"그럼요."

"정말 엉뚱하신 분이라고 생각했어요. 난데없이 통조림이라니요. 별로 친하지도 않았는데. 그런데 이상하게 편안했어요. 저 그날 함께 작업하면서 정말 즐거웠어요. 기뻤어요."

소미가 느릿하게 고개를 들었다.

커다란 두 눈과 앙다문 입술이 설렘 반 두려움 반으로 떨리고 있었다.

할 말은 이미 목까지 차올랐다.

이 말을 하고 나면 완전히 분기점에 도달한다.

지금까지 재건과 유지했던 관계는 어느 한쪽으로든 완전히 틀어질 것이다. 이 모든 후폭풍을 또렷하게 상기하면서도 소미는 결국 말을 이었다.

"좋아해요, 하 작가님."

"……"

"오래전부터 좋아했어요. 오늘 저 아픈 거 아시고 바로 달려와 주시는 거 보고 더 확실해졌어요. 제가 하 작가님 얼마나 많이 좋아하는지."

소미가 한 걸음 더 가까이 다가섰다.

재건의 팔목을 잡은 두 손은 여전히 떨어질 줄을 몰랐다.

"제가 부족한 거 알아요. 하 작가님에게는 보잘것없는 여자라는 것도 알아요. 나이도 어리고 아직 사회생활도 미숙하고. 그래도…… 그래도 말하고 싶었어요. 죄송해요. 아파서 오늘 정신이 살짝 나간 건지도 모르겠어요."

재건의 가슴속에서 온갖 감정이 휘몰아쳤다. 최대한 담담한 표정을 고수하고 있는 건 나름의 배려였다. 대답을 갈구하는 소미의 두 동공에는 재건의 얼굴이 오롯이 담겨 있었다.

"고마워요, 소미 씨."

각고의 고민 끝에 입을 연 재건의 첫마디였다.

"전혀 예상 못 했어요. 소미 씨처럼 귀엽고 예쁜 사람이 저를 좋아해 준다니. 저 같은 놈에게는 복에 겨운 일입니다."

그렇게 말하며 재건은 소미에게 잡혀 있던 팔목을 슬그머니 뒤로 빼냈다. 지탱할 곳이 사라진 소미의 두 팔이 아래로 떨어졌다.

"미안합니다, 소미 씨."

재건이 살짝 고개를 숙이며 말했다. 용기를 내서 고백해 준 상대를 위한 예의였다. 솔직한 마음은 확실한 어조로 상대에게 전달되고 있었다.

"소미 씨란 사람을 좋아하지만 여자로서는 받아들일 수가 없습니다."

"제가…… 여자로서 매력이 없어서요?"

"아니요."

심각한 와중에도 재건의 두 눈이 단호하게 빛났다.

"소미 씨 여자로서 매력 넘치는 사람입니다. 어딜 가도 뒤처지지 않을 겁니다. 다만 저는……."

재건이 고개를 모로 돌리고 짧은 한숨을 토해냈다. 그리고는 허공에 대고 중얼거리듯 말했다.

"오래전부터 마음에 담아둔 사람이 있어서 그렇습니다."

"네……."

수긍한 듯 고개를 주억거리는 소미의 입가에 씁쓸한 웃음이 어리고 있었다. 그 사람이 누구인지 단박에 알았다.

"저라는 놈 인생에 그 사람이 없었다면 이 자리에서 바로 소미 씨 받아들였을 겁니다. 소미 씨 그만큼 매력적인 여잡니다."

"고마워요, 하 작가님."

"제가 드릴 말씀입니다."

마주 선 상태에서 정적이 흘렀다.

어느 순간, 뒷짐을 지고 선 소미가 일시에 싱그러운 미소로 고개를 치켜들었다.

"아, 개운하다!"

한껏 청량하게 목소리를 높이며 소미는 기지개까지 켰다.

연이어 작은 몸을 빙글 돌려세우고는 옷장의 재킷을 꺼내 몸에 걸쳤다.

"뭐라 하시지 마세요. 차 타시는 거까지만 보고 들어올 거니까요."

"하하, 네."

"그리구 지금 제 얼굴 쳐다보기 없기. 저 뒤끝 없으니까 걱정도 하지 마시구요. 앞으로도 절대 불편하실 일 없을 거니까 편하게 대해주셔야 돼요. 아셨죠?"

"알겠어요."

"약속하세요. 얼른."

소미가 내민 새끼손가락에 재건의 손가락이 걸렸다. 뒤이어 도장까지 찍고 나서 그녀는 풋풋하게 웃었다.

재건이 차에 올라타기 직전.

소미는 재건의 등 뒤에 대고 나직이 말했다.

"저는 하 작가님한테 속마음 털어놓은 거 후회 안 해요."

"……."

"사람 앞일 어떻게 될지 모르잖아요. 제 지금 감정에 솔직한 걸로 뿌듯해요. 물론 한동안 하 작가님하고는 어쩔 수 없이 조금은 어색할 거예요. 그래도 괜찮아요. 전 이겨낼 수 있어요. 그런 거 무서워서 좋아한다는 말 한 번 못 하고 끙끙 앓는 건 그냥 너무 분해요."

수희를 염두에 두고 하는 말이라는 걸 재건은 어렴풋이 느꼈다. 그래서 불필요한 대답 없이 고개만 끄덕였다.

"푹 쉬어요. 전화 드릴게요."

"조심히 가세요, 하 작가님. 오늘 정말 너무 감사했어요."

재건이 운전하는 차가 골목 너머로 멀어져 완전히 자취를 감췄다. 소미는 머리 위로 흔들던 손을 거둬들였다.

뒤로 돌아서는 찰나, 주머니의 핸드폰이 울렸다.

이 대리로부터 메시지가 날아와 있었다.

-하 작가님 아직도 같이 있나 봐? 좋아서 정신없지?

"흐, 흐윽……!"

북받쳐 오른 감정이 폭발했다.

소미는 두 손바닥에 얼굴을 묻고 그 자리에 쪼그려 앉았다. 속으로는 어디선가 들었던 주문을 외고 있었다.

이것 또한 지나가리라고.

58장
좋은 기회 아닐까

―하재건 또 글은 안 쓰고 인터뷰질이나 하고 앉았네;;; 뭔 작가라는 새끼가 입만 살아서;;;

―원피스녀라고 연관 검색으로 가끔 뜨는 여자 넥션 다니는 이수희라는 년임. 제가 게임 회사 다니면서 몇 번 업무적으로 만난 적 있는데 인성 개쓰레기;;;

―하재건이랑은 대학 동기라는데 둘 다 개념 쌈 싸먹은 잡것들이라 죽이 잘 맞을 듯. 대학 때부터 교수에게도 쌍욕하기로 소문이 자자했다고……. 아주 미친 연놈들임.

―저런 것들도 자식이라고 낳고서 부모는 미역국 사발로 퍼먹었겠지. ^^

'이런 씨발 새끼들이……!'

핸드폰을 들여다보며 연우는 제 주먹을 깨물고 있었다.

눈에 밟히는 악성 댓글들이 나날이 늘어나는 느낌이었다.

기분 좋게 재건의 기사를 검색하다가도 금세 울화가 치밀어버리고 마는 것이다.

'이건 진짜 너무 심하잖아……!'

어지간한 악성 댓글이라면 그러려니 하고 넘어갈 수 있었다. 하지만 이건 도를 넘어섰다.

연우는 자리에서 일어나 계단을 밟아 2층으로 올라갔다. 서재 한 구석 탁자에서 글을 쓰고 있는 재건이 보였다.

"형, 바쁘세요?"

"아니, 괜찮아. 말해."

연우가 성큼성큼 다가가 핸드폰을 불쑥 내밀어 보였다. 언제나 재건의 기분을 최우선으로 고려하는 그였지만 이건 말해야만 했다.

"이 새끼들 너무 심해요. 도저히 못 참겠어요, 형."

"그래, 심하지."

"네? 그래, 심하지라니요? 형, 이거 가만 놔두실 거예요?"

재건이 타자를 두드리던 손을 멈추고 기지개를 켜며 웃었다.

"걱정하지 마, 조치해 뒀으니까."

"무슨 조치요?"

"내가 봐도 너무 심한 말들이 있어서 권 대표님하고 상의 했지. 저작권 단속하는 변호사 사무실에 얘기해 놓으셨대."

연우의 얼굴이 단숨에 생기를 되찾았다.

"아, 진짜요? 고승섭 변호사 사무실 말씀이시죠? 거기 완 전 잘 잡잖아요. 그럼 이제 다 잡아들이겠네요."

"잡아내기 전에는 몰라."

재건은 완성된 '오스카의 던전' 8권을 저장하고 워드 프로 그램을 껐다. 이제 슬슬 넥션으로 가야 할 시간이 되었다.

"일어날 때 됐네. 오늘도 잘 부탁해, 매니저."

"옷 따뜻한 거 입으세요, 형. 밖 쌀쌀해요."

집에서 나와 차에 몸을 싣자마자 명석으로부터 전화가 걸 려왔다. 재건은 안고 있던 리카를 뒷좌석에 내려놓으며 전화 를 받았다.

"안녕하세요, 편집장님."

─네, 선생님. 안녕하세요. 바다가 있었다 영어로 번역이 끝났어요. 그거 알려드리려고 연락드렸습니다. 메일로 보내 드렸으니 한 번 검토해 보시죠.

"아하하, 고맙습니다. 보기는 하겠지만 제가 영문에서 문 학적인 맛을 알아챌 만큼 어학 능력이 좋지 못해서요. 편집 장님이 보시기엔 어떠세요? 영어 실력 훌륭하시잖아요."

-원작의 감성을 상당히 잘 살렸다는 생각입니다. 여러 사람을 통해서 검증도 됐고요. 마음 놓으셔도 된다는 게 제 결론입니다. 해외 마케팅도 최선을 다하겠습니다.

　"언제나 그랬듯이 편집장님 말씀에 저는 더없이 안심입니다. 부디 잘 부탁드립니다."

　몇 마디의 대화가 더 오간 뒤 전화가 끊겼다.

　운전석의 연우는 시동을 걸며 재건에게 말을 붙였다.

　"형 이제 미국 진출하시네요. 더 브레스가 먼저 진출할 줄 알았는데. 풍천유 팬으로서 조금 아쉽네요."

　"장르 소설로도 언젠가 기회가 있겠지."

　히터가 가동되면서 차 안에 따뜻한 공기가 차올랐다.

　꽃샘추위에 휘감긴 3월 말의 풍경이 차창 밖으로 빠르게 지나가고 있었다.

　"근데 진출할 만해요. 820만 명이나 찍었잖아요. 원작 소설도 불티나게 팔리고. 중국에서도 이제 금방 개봉되잖아요."

　재건의 대답을 듣기도 전에 연우는 킬킬거리며 웃고는 혼자 말을 이었다.

　"우재훈 생각할수록 쌤통이네. 손익분기점만 가까스로 넘긴 것도 다행이지."

　재훈의 영화는 440만 명이라는 애매한 성적으로 극장가에서 물러났다. 손익분기점은 어쨌든 넘겼지만 소득은 미미

했다. 실망한 투자자들로부터 뭇매를 맞고 있다는 이야기도 인물 조감독을 통해 들었다.

"사람이 말이야, 어? 항상 겸손하고 남의 말을 경청할 줄 알아야지. 그래서 우리 재건이 형은 미국 가는데, 어? 하긴, 우재훈도 자기 욕하는 미국 평론가 생기면 스파링하러 갈 수는 있겠네."

"1절만 해라, 매니저야."

차를 달려 넥션에 도착한 재건은 규호와 수희, 기획 팀원들과 더불어 회의를 시작했다.

원작자이자 시나리오 라이터인 재건에게는 오늘이 마지막 회의였다. '오스카의 던전' 첫 시즌의 시나리오 및 퀘스트는 완전히 끝냈기 때문이다. 언젠가 또 회의를 하게 될지는 게임이 출시된 후의 흥행에 달렸다.

"그간 고생이 많으셨습니다. 이제 게임 테스트할 때나 뵙게 되겠군요."

회의가 끝나고 규호가 손을 내밀었다.

재건은 손을 내밀어 그와 악수를 교환했다.

"여러모로 신경 써주셔서 감사드립니다. 앞으로도 잘 부탁드리겠습니다."

악수를 나누면서 규호는 웃었다. 재건과 그간 단 한 번도 충돌하지 않았다는 사실이 신기해서였다. '용기사들'의 시나리오를 쓴 작가와는 효율이 천지 차이였다.

규호를 포함한 사람들이 썰물처럼 빠져나가고 재건과 수희만 회의실에 남았다. 6시가 조금 안 된 시계를 들여다보며 재건이 물었다.

"아래에서 기다릴까?"

"휴게실에 있지, 왜?"

"동생이랑 리카가 차에 있어서. 심심할까 봐."

"늦어도 6시 5분에는 나갈 수 있어."

"그럼 기다릴게."

잠시 기다린 후에 재건은 수희와 함께 엘리베이터에 올랐다.

회의가 끝나는 날 저녁 식사를 대접하겠다고 수희와 약속했었다. 오늘이 그 약속을 지켜야 할 날이다.

"아, 이수희 팀장님. 언제 봐도 아름다우십니다."

연우가 수희를 보자마자 두 손을 맞잡고 너스레를 떨었다. 재건의 매니저 업무를 보면서 수희와도 안면이 익었다. 연우 특유의 살가운 태도는 수희에게서도 호감을 샀다.

"오늘따라 더 아름다우시네요. 와, 오늘도 원피스녀라는 칭호에 걸맞은 아름다운 원피스!"

"적당히 하세요, 이 작가님. 이 작가님도 오늘 옷차림이 멋있으세요."

"하하, 저요? 오늘 저는 동창회가 있거든요."

연우가 수희와 말하는 틈을 타 재건이 운전석에 올랐다. 차에 시동이 걸리자 소리를 들은 연우가 돌아보았다.

"빨리 타. 동창회 홍대랬지?"

"형, 뭐하시는 거예요? 제가 형 댁에 모셔다 드리고 버스 타고 가면 돼요."

"수희야, 얼른 타. 연우 버려두고 출발하게."

"알았어."

"어어어? 어어? 잠깐만요, 형."

연우가 당황해서 뒷좌석 문을 열고 다급히 몸을 실었다.

재건은 소리 높여 웃으며 액셀을 밟았다.

차는 미끄러지듯 주차장을 빠져나가 대로로 섞여들었다.

"잘 놀고 조심해서 들어가. 너무 많이 마시지 말고."

"알겠어요, 형. 데려다주셔서 정말 감사드려요."

목적지에 도착해 내린 연우가 인파 속으로 자취를 감췄다.

재건은 조수석에 앉은 수희를 쳐다보고 물었다.

"어디로 갈까?"

수희가 양 뺨을 부풀리고 잠시 생각하더니 되물었다.

"너희 집?"

"우리 집으로 가자고?"

수희가 두 눈을 동그랗게 뜨고 고개를 빠르게 끄덕였다.

조용한 곳에서 단둘이 있고 싶었다.

오늘은 재건에게 해야 할 이야기도 가슴에 품고 있었다.

"그때 구경도 제대로 못 했고. 지하에 휴게실 잘 만들어 놨던데. 나 포켓볼도 엄청 치고 싶었어. 핀볼도 하고 싶고."

"그럼 마트 가서 해먹을 거 좀 사가지고 들어갈까?"

"응, 완전 좋아. 뭐 만들어 먹지?"

수희가 소녀처럼 두 손을 모으고 좋아했다.

재건은 두말없이 웃으며 핸들을 꺾었다.

뒷좌석에 놓아둔 재킷 주머니의 핸드폰이 짧게 진동했지만 두 사람 중 누구도 기척을 느끼지 못했다.

"재건아, 여기! 여기!"

수희가 수산 코너 앞에서 반색을 하고 소리쳐 불렀다. 카트를 끌고 쫓아가던 재건이 속도를 높였다.

"석화가 신선한 거 같아. 초장 찍어서 먹을래?"

생굴을 좋아한다는 걸 알고 한 물음이다.

당연히 재건은 고개를 끄덕였다.

"두 팩 사."

"두 팩이나? 다 먹을 수 있어?"

"이 정도야 전부 까서 접시에 붓고 마셔 버리지."

"하긴, 남으면 삶아서 굴밥 해 먹어도 되니까."

수희가 재건의 허리춤을 찰싹 때리고는 석화 두 팩을 집어 카트에 담았다. 이어 꼼꼼하게 신선한 식재료들을 살피며 하나씩 주워 담았다.

오늘의 주 메뉴는 해물탕이었다.

'참 이럴 땐 평소하고 달라.'

장을 보는 내내 웃음을 잃지 않는 수희의 모습이 새삼스레 신기했다. 회사에서 일할 때의 단호하고 엄격한 분위기는 어디에도 없다.

"살 건 다 샀지?"

"어, 이제 나가자. 계산 좀 부탁할게."

재건은 수희에게 지갑을 넘기고 바깥으로 나가 박스를 만들었다. 생각보다 산 것이 많아서 큰 박스가 두 개는 필요했다.

"저기, 죄송한데요."

들려오는 목소리에 재건이 옆을 돌아보았다.

20대 초중반의 젊은 커플이 눈앞에 서 있었다.

"혹시 하재건 작가님 아니세요?"

"아, 네. 맞습니다."

그 말에 커플 중 여자가 남자의 팔을 부둥켜 잡고 좋아했다.

"거봐, 자기야. 내가 맞다고 했잖아. 저희 완전 애독자예요. 이번에 바다가 있었다 영화도 너무 잘 봤어요. 극장에서 세 번 봤어요."

"정말 고맙습니다."

"소설 번역해서 미국 시장 진출하신다는 기사도 봤어요. 바다가 있었다만 나가는 건가요? 다른 작품들은요?"

"지금은 바다가 있었다 말고는 정해진 게 없습니다."

"그만 여쭤봐, 바쁘실 텐데."

남자가 짐짓 주의를 주었지만 여자는 들은 척도 하지 않았다. 그녀에게 인기 작가와의 우연한 만남은 일기에 쓰고 친구들에게도 자랑할 일이었다.

"박도준 씨랑 예능 안 나가세요? 두 분 엄청 친하죠? 연예 뉴스 보니까 하루세끼 같은 것도 생각은 해봤다고 도준 씨가 얘기하시던데요."

"그것도 정해진 게 없어서요."

계산을 끝낸 수희가 카트에 물건들을 담고 있었다.

재건은 양해를 구하고 수희 쪽으로 가 그녀를 도왔다. 그들의 뒤에서 여자가 또 두 눈을 치켜떴다.

"앗, 원피스녀!"

여자는 단박에 수희의 정체도 알아보았다.

하필이면 수희는 네티즌들이 지어준 별명에 걸맞게 오늘도 원피스 차림이었다.

"원피스녀 맞으시죠? 아, 진짜 예쁘시다. 진짜 사진발이 아니었어요. 아, 너무 예쁘세요!"

여자의 호들갑에 주변 사람 몇몇이 시선을 모았다.

수희가 재건과 시선을 교차하고는 민망스런 웃음을 깨물었다.

다행히 커플 중 남자가 차분함을 발휘했다. 그는 한껏 들뜬 여자를 뒤로 잡아끌고는 재건에게 작별을 고했다.

"반가웠습니다, 작가님. 앞으로도 좋은 작품 부탁드립니다."

"네, 고맙습니다."

"자기야, 잠깐만. 우리 작가님이랑 사진 한 방……."

"그만 좀 하라니까."

커플이 사라지고 소란이 멎었다. 하지만 재건은 물건을 담는 손길을 서둘렀다. 어디선가 봤다는 표정으로 고개를 갸우뚱거리는 사람이 주변에 꽤 늘었기 때문이다.

"미안해, 수희야."

"뭐가?"

"내 사인회 도와주다가 이렇게 된 거잖아."

"사과할 일도 많으셔. 스타된 거 같아서 재밌는데?"

"그럼 다행이고. 빨리 가자."

두 사람은 차를 달려 집으로 도착했다.

재건은 수희에게 리카를 맡겨서 들여보내고 박스를 하나씩 집 안으로 옮겼다. 그리고 뒷좌석에 뒀던 겉옷을 챙겨 들었다.

'어? 도준이 전화 왔었네?'

옷에 들었던 핸드폰을 보니 도준의 부재중 전화가 세 번이나 기록되어 있었다.

재건은 차문을 닫으며 바로 전화를 걸었다.

─어, 재건아.

"폰을 차에 둬서 몰랐다. 무슨 일 있어?"

─오늘 바빠? 술 한잔 안 할래?

"아, 오늘은 좀 곤란한데. 저녁 선약이 있어서."

─그렇군.

"내일 어때? 내일은 네가 바쁜가?"

─내일은 어렵고 그럼 조만간 봐. 아무튼 지금 하나만 미리 얘기하자면 나 중국 간다.

"중국? 가기로 결정한 거야?"

─자세한 건 나중에 만나서 얘기할게. 저녁 먹어.

"그래, 알았다. 미안해. 너도 저녁 먹고."

─어.

전화를 끊고 난 재건은 집으로 걸어가며 고개를 갸웃거렸다. 어딘지 모르게 가라앉은 도준의 음성이 마음에 걸린 까닭이다. 고민하던 중국 진출 건이 갑작스레 정해진 걸 보면 뭔가 일이 있긴 한 모양이었다.

"재건아, 석화부터 먹을래?"

원피스 위로 앞치마를 두른 수희가 물었다.

재건은 밝게 웃으며 그녀에게 다가갔다.

지금은 수희와의 시간이다. 도준에 대한 문제는 추후에 생각하기로 했다.

"소주 마실 거지?"

"아냐, 이따 너 집에 데려다줘야지."

"나는 마실 건데? 이따 택시 불러서 타고 가면 돼."

"알았어, 그럼. 내가 같이 택시타고 가줄게."

두 사람은 술을 곁들여 맛있는 저녁을 먹고 휴게실에서 시간을 보냈다.

리카는 노는 내내 수희의 몸에 찰싹 달라붙어 떨어지지 않았다. 그런 리카를 수희도 무척 좋아했다.

"아, 계속 노래 불렀더니 목마르다."

"맥주 한잔할까? 이리 와, 내가 바텐더 해줄게."

수희가 웃으며 바로 가 의자에 몸을 앉혔다.

바 안쪽으로 들어간 재건이 한 발을 뒤로 빼고는 무도회장의 신사처럼 정중하게 인사했다.

"웃겨."

"주문은 무엇으로 하시겠습니까?"

"이 바엔 어떤 술들이 있나요?"

"소주, 맥주, 막걸리, 가시오가피, 복분자 등등 있을 건 다 있습니다."

"참 메뉴가 다양하네요. 맥주 부탁드릴게요."

"알겠습니다."

재건이 카운터 아래의 냉장고에서 맥주 두 캔을 꺼냈다.

커다란 컵 가득히 하얀 거품이 끓어올랐다. 건배하고 맥주를 마신 두 사람은 약속이나 한 것처럼 가슴을 들썩였다.

"고맙다, 수희야. 게임 잘 만들어줘서."

"나 출세하려고 하는 일이라니까? 베스트셀러 작가와 동기라는 인맥을 이용하는 거지. 고마우실 거 하나도 없거든요? 나 무서운 여자야."

"아이구, 무서워라. 맥주만 마시니까 심심하다. 치즈 좀 꺼낼게."

재건이 돌아서서 안주를 준비했다.

그 뒷모습을 바라보며 수희는 호흡을 가다듬었다. 이제는 슬슬 해야 할 얘기를 꺼낼 시간이었다.

오늘 수희는 두 가지의 할 말을 준비했다. 하나는 수동적이고 또 하나는 능동적인 이야기라고 그녀 스스로 분류까지 해두었다.

본연의 성격을 따르자면 오늘도 능동적인 이야기부터 꺼내는 것이 옳았다.

하지만 그것이 세상 무엇보다 어려운 수희였다.

재건에게는 이미 대학 시절 마음을 표현했던 전력도 있다. 한 번 거절당한 남자에게 두 번 고백한다는 건 결코 쉽지 않은 일이었다.

"먹어봐. 도준이가 가져다준 건데 진짜 맛있어."

"으응."

"갑자기 표정이 왜 그렇게 진중해졌어?"

재건이 맞은편에 앉으며 물었다.

수희는 표정 관리를 하지 못하고 있었다는 사실을 깨닫고 내심 당황했다.

"무슨 일 있는 거야?"

"아니, 별건 아니고……."

"말해봐. 뭐야?"

수희가 맥주 한 모금을 목젖으로 넘겼다. 더는 뜸을 들여선 안 되겠다는 생각으로 그녀는 속을 털어놓았다.

"나 해외 지사로 발령 날지도 모르겠어."

"해외 지사? 어디?"

"대만이나 유럽. 대만은 최근 모바일 시장이 커져서 지사를 설립하러 가게 되는 케이스고. 유럽 쪽이라면 이미 지사가 있으니까 현지화 작업 도와주러.”

“좋은 기회 아니야?”

수희가 엷게 웃으며 고개를 끄덕였다.

직장인으로서 행운을 거머쥔 것은 당연하다. 자신을 신뢰한 규호로부터 얻어낸 기회다.

하지만 여자의 입장에서도 좋은 기회일지는 확신이 가지 않는 수희였다.

“넌 어떻게 생각해?”

“해외 발령? 좋은 거라면 무조건 가야지.”

“역시 그렇지……?”

“가면 얼마나 있다가 오는데?”

“으음, 유럽으로 정해지면 2년 전후.”

그 말에 재건의 얼굴에서 웃음이 사라졌다.

비로소 해외 발령이라는 사실이 체감됐다.

2년이라니.

결코 짧지 않은 기간이다. 2년 후면 수희도 자신도 31살이 된다.

“아무튼 아직 확실해진 건 아니니까.”

심각해지는 기색을 눈치챈 수희가 웃어 보였다.

그러나 재건은 웃을 수가 없었다.

가슴이 먹먹해서 말도 나오지 않았다.

한 번 침체된 분위기는 좀처럼 회복되지 않았다.

재건과 수희는 고요 속에서 맥주만 마셨다. 이따금 건성으로 일상적인 얘기만 오간 끝에 어느덧 시간은 자정이 가까워 오고 있었다.

"어머, 벌써 시간이 이렇게 됐어? 날짜 넘어가겠네."

수희가 발그레한 얼굴로 의자에서 일어섰다. 맞은편에 우두커니 앉은 재건은 생각에 잠긴 표정으로 미동조차 없었다.

"나 그만 돌아갈게. 너도 쉬어야 내일 또 일 보지."

"내일 휴일인데 지금 가려고?"

수희가 흐트러진 옷매무새를 고치다 말고 흠칫 몸을 떨었다. 어느새 고개를 든 재건이 담담한 표정으로 바라보고 있었다.

"자고 가도 되잖아."

"……?!"

수희의 안색이 즉석에서 창백해졌다.

바 끝자락에 몸을 웅크린 리카의 두 눈이 유달리 반짝이고 있었다.

59장
너무 오래 걸렸어

"안녕하십니까, 편집장님."

"영업 본부장 들어왔습니까?"

명석이 굳은 얼굴로 되물었다. 겁먹은 직원은 두 손을 앞으로 모으고는 쭈뼛하게 서서 대답했다.

"네, 지금 자리에 계십니다."

본부장실로 향하는 걸음이 거침없었다.

웅성그룹 대표이사의 장남인 그를 막을 수 있는 사람은 아무도 없었다. 그는 노크도 없이 문을 벌컥 열었다.

"미스터리움 편집장님께서 연락도 없이 어쩐 일이십니까?"

책상에서 집무를 보고 있던 남자가 그렇게 물으며 자리에서 일어섰다. 명석은 자신의 동생이자 영업 본부장이기도 한 명훈에게 다가가 대뜸 물었다.

"너무 심한 거 아니냐?"

"뭐가요?"

"용풍이랑 반디 본점에서 연락 왔다. 뭘 하고 다니는 거야? 용풍에서는 매대 위치를 네 멋대로 변경하고, 반디에서는 새물출판사 신간 전부 빼라고 했다면서?"

명훈은 피곤하다는 표정으로 한숨부터 내쉬었다. 책상을 두 손으로 짚고 일어선 그는 도발하듯이 명석을 쏘아보며 되물었다.

"그게 뭐?"

"그게 뭐라니 너……!"

"내가 뭘 잘못했는데? 용풍 본점 매대는 아버지도 예전부터 위치 마음에 안 들어 하셨어. 아버지가 겸연쩍어서 추진 못 하시는 거 내가 밀어붙인 것뿐이야. 그리고 새물출판 신간은 또 왜? 오늘부터 우리 매대였어."

"총판에서 책 들어갈 때까지 4시간 정도는 양보해 줄 수 있잖아!"

"왜 그래야 하는데?"

"……?!"

"왜 우리가 새물출판의 사정을 봐줘야 하냐고? 형 크게 착각하고 있는 거 같아. 자정을 기해서 우리가 거머쥔 매대였어. 우리 책이 도착하기 전이라고 해도 새물이 차지하고 있으면 안 되지."

"그래서 광고 빼겠다고 협박까지 했어?"

"협박이 아니야. 사실 고지지."

서로를 노려보는 두 형제의 시선에서 불꽃이 튀었다.

먼저 시선을 거둬들인 쪽은 명훈이었다. 그는 이해할 수 없다는 듯이 한숨을 내쉬며 커피메이커로 걸음을 옮겼다.

"실무는 다르다고 생각해, 형."

"네가 지금 날 가르치려는 거냐? 내가 실무를 몰라?"

"가르치는 게 아니라 다시 한 번 확인시켜 주는 거야. 형은 인간적인 예의를 지나치게 따져. 형은 이렇게 화내고 있지만 난 오늘의 일로 아버지한테 칭찬까지 받았어. 잘했다고."

"……!"

명석은 얼굴을 구기며 입을 다물었다.

아버지로부터 칭찬까지 받아냈다는 말에는 더 반박할 재간이 없었다. 한참을 서 있던 그는 명훈이 내민 커피를 거부하고 몸을 돌렸다.

문을 열기 직전.

명석은 문고리를 잡은 채 명훈을 돌아보며 경고하듯 덧붙였다.

"하재건 선생님 마케팅 잘해라."

해외로 수출되는 재건의 책에 관한 일은 모조리 명훈에게로 옮겨졌다.

당연히 명석은 자신이 하고 싶었다. 애초에 재건의 작품을 번역해서 수출할 생각을 한 것도 그였다.

하지만 명훈이 반대하고 나섰다. 오너가의 자식들로서 더더욱 조직 체계를 철저히 지켜야 한다는 주장에 할 말이 없었던 것이다.

"아아, 재건이 책?"

명훈은 유들유들하게 웃으며 스푼으로 커피를 젓고 있었다. 고개를 위아래로 끄덕이며 그는 담담히 대꾸했다.

"회사의 이익을 위한 일인데 거야 당연하지. 다음 주에 뉴욕에서 미팅 있어."

"그래, 모쪼록 잘 부탁한다."

말을 마친 명석이 문을 열고 바깥으로 나왔다.

마음이 돌처럼 무거웠다.

평생을 함께 자라온 동생인데도 그의 말이 진심인지 거짓인지 분간할 수가 없었다.

"이 팀장님, 정말 해외 발령 수락하시려고요?"

"으음, 아마도? 아무튼 확정된 건 없어요."

수희는 부하 직원에게 에둘러 대답하고 커피를 한 모금 마셨다.

시간은 어느덧 오후 6시.

하루의 일이 끝나고 퇴근할 때가 왔다.

"먼저 들어갈게요, 정구 씨도 일찍 들어가세요."

"네, 팀장님. 조심히 들어가세요."

수희는 텅 빈 엘리베이터에 홀로 올라타 B1층 버튼을 눌렀다.

"휴."

저절로 한숨이 나오면서 눈앞으로 재건의 모습이 아른거렸다.

'바보……'

결국 재건에게는 그 어떤 대답도 이끌어 내지 못했다.

해외 발령에 관해 토로하면서 가지 말라고 잡아주길 바랐다. 하지만 재건은 오히려 축하한다는 말로 가기를 권유했다. 수희로서는 섭섭하고 기가 막혔다.

자고 가라는 말을 들었을 때도 마찬가지였다. 그때 수희는 어떻게 사귀는 사이도 아닌데 남자 혼자 사는 집에서 자고 갈 수 있겠냐고 되물었다.

그걸로 끝이었다.

재건은 더 이상 어떤 말도 해주지 않았던 것이다.

'아니, 바보는 내가 바보지…….'

자조하듯 웃는 수희 앞으로 엘리베이터 문이 활짝 열렸다.

또각또각.

구두 소리를 울리며 차로 다가가던 중 가방 속에서 핸드폰이 울렸다. 명훈으로부터 걸려온 전화였다.

"무슨 일이니?"

―여전히 받자마자 목소리는 쌀쌀맞구나.

"용건이 뭔데? 용기사들 시나리오는 끝났고 나한테 전화할 일이 따로 있어?"

―만나서 얘기하고 싶다.

"미안하지만 시간이 없어서."

―1층 도도야. 꼭 해야 할 말이 있어서 그래. 시간 길게 빼앗지 않을 테니 부탁한다.

"……알았어, 그럼."

수희는 차로 향하던 몸을 빙글 돌려 다시 엘리베이터에 올랐다.

카페 도도는 건물 1층 한구석에 아담하게 자리하고 있었다.

수희가 안으로 들어섰을 때, 명훈은 주문한 아메리카노와 카페라떼를 들고 돌아선 참이었다.

"넌 카페라떼 맞지?"

수희는 가볍게 고개를 끄덕이고는 명훈과 마주 앉았다.

"할 말 있으면 얼른 해."

빈 의자에 가방을 내려놓으며 수희가 채근했다. 싸늘하기만 한 그녀의 태도 앞에서 명훈은 희미하게 웃었다.

"너한테 미안한 일이 많다."

"지난 얘기들 늘어놓을 생각이라면 그만둬."

"재건이한테도 몹쓸 짓 많이 했고."

"다행이다. 인지하고는 있어서."

"용기사들 반응은 어때?"

"고만고만해."

수희의 짤막한 대답은 솔직했다.

명훈이 시나리오를 쓴 모바일 게임 '용기사들'은 그럭저럭 성적을 유지하고 있었다. 성공했다고 볼 수는 없지만 망한 것도 아닌 애매한 매출이었다.

"적어도 피해를 입힌 건 아닌 것 같아서 안심했다. 정말 열심히 썼다. 이게 마지막 글이라는 생각으로 전력을 다했어."

수희의 두 눈이 찰나의 순간 이채를 발했다.

"마지막 글이라고?"

"나 아버지 회사로 들어갔어."

명훈이 던지듯이 대답했다.

목이 타는 표정으로 커피를 한 모금 들이마신 뒤 그는 말을 이었다.

"영업 본부장이야. 골치 아픈 일들은 다 내게로 오지."

"그랬구나."

수희는 건성으로 대답하며 고개를 주억거렸다. 명훈이 웅성출판그룹의 아들이라는 사실을 오래전부터 그녀는 알고 있었다.

"축하해. 열심히 해봐."

"고맙다. 정말로 열심히 할 거다."

명훈이 목소리에 힘이 가득 실렸다.

"내 능력으로 할 수 있는 일은 전부 다 하고 있어. 회사의 이익을 위해서, 그리고 아버지의 인정을 받아내기 위해서. 최근 내 노력이 먹히고 있어. 형은 내가 무자비하다고 화내지만 아버지는 일머리 좋다고 인정해 주셔. 계속 노력할 거야. 웅성출판그룹의 정식 후계자가 될 때까지. 더 넓은 세상을 보기 위해서 올라갈 수 있을 때가지 올라갈 거야."

"그래그래."

"나 최근에 정신과도 다니기 시작했어. 아주 살짝 분노조절장애 증세가 있대. 심각한 건 아니라서 마음 편하게 먹고, 좋은 것만 생각하고, 약 처방 받으면 금방 나아질 거라고 했어. 말했듯이 회사를 위해서 가기 싫은 병원도 가는 거야. 내가 할 수 있는 건 뭐든지…….”

“명훈아.”

수희가 중도에 말을 자르고 싸늘한 시선으로 쏘아보았다.

“네 구구절절한 얘기들 들으려고 여기 온 거 아니야.”

“…….”

“대체 나 왜 불렀니? 나한테 이런 소릴 왜 하는 건데?”

시선을 내리깐 명훈은 즉답하지 못했다.

수희는 짜증스런 기색으로 짧은 한숨을 토했다. 그러고는 먼저 일어나려고 가방으로 손을 뻗었다.

바로 그 순간.

“이 세상 천지에!”

명훈이 부쩍 언성을 높였다.

카페 안에 앉아 있던 사람 몇몇이 일시에 놀라서 시선을 던졌다. 수희도 흠칫해서 가방으로 뻗던 손을 멈췄다.

“이 세상 천지에…… 이런 거 말하고 싶고, 또 말할 수 있는 사람이 너밖에 없으니까……!”

명훈이 양어깨를 들썩이며 거친 숨을 몰아쉬었다.

그는 스스로를 진정시키듯 한참이나 심호흡을 했다. 차가운 커피도 바닥이 드러나도록 벌컥벌컥 들이마셨다.

“그래서 얘기하는 거야……. 얘기하고 싶어도 얘기할 수 있는 사람이 수희 너 말고는 아무도 없어서.”

“……..”

수희는 굳은 표정으로 말을 듣고 있었다.

명훈의 폭발에 잠깐 놀랐을 뿐, 감정적으로는 아무런 느낌이 없었다. 언제나 이런 식이었으니까. 신뢰감이라고는 눈곱만치도 없는 남자인 것이다.

명훈이 나직이 말을 이었다.

“네가 날 왜 싫어하는지 너무도 잘 안다. 가장 큰 문제는 공과 사를 구분하지 못하고 내 멋대로 수틀리면 사람들을 짓밟는다는 거지. 그래서 하나씩 고치려고.”

명훈이 가방에서 책 한 권을 꺼내 테이블 위로 올려놓았다.

제목을 본 수희의 두 눈이 한껏 부릅떠졌다.

재건의 소설 ‘바다가 있었다’ 영어 번역본이었다.

“미국 시장 마케팅 내가 맡았다.”

“……뭐?”

“조만간 뉴욕 가.”

수희의 가슴에 처음으로 파란이 일었다.

재건의 소설 마케팅을 명훈이 맡게 됐다니.

절대로 좋은 결과가 나올 턱이 없으리란 생각이었다.

“왜 이런 말을 나한테 하는 거야?”

수희가 감정의 요동을 어렵사리 숨기고 물었다.

명훈은 '바다가 있었다' 번역본을 수희 쪽으로 밀어주며 즉시 대답했다.

"너에게 인정받으려고."

"내…… 인정이라니?"

"내가 재건이 책을 제대로 미국 시장에 안착시키면 그걸로 조금은 증명될 거라고 생각한다. 오명훈이라는 인간이 공사를 구분할 줄 아는 남자가 되었구나, 하는."

수희는 몇 초 동안 할 말을 잃었다.

하지만 잠시 후 입가에 비릿한 조소를 머금고 반문했다.

"어차피 넌 아버지로부터 인정받아서 웅성그룹의 후계자가 되어야 하잖아? 이것도 네 일이니 싫어도 재건이 책을 미국 시장에서 흥행하도록 만들어야 하고. 괜히 날 가져다 그 이야기에 엮지 마."

"수희야, 그건 정말 아냐."

명훈이 쓸쓸하게 웃으며 고개를 가로저었다.

"한국 소설 감성은 미국 시장에 안 맞아. 너도 당연히 아는 얘기들이잖아. 엄청난 대박을 터뜨릴 확률은 극히 미미하다는 걸. 애초에 이걸 계획한 사람은 우리 형이자 재건이 담당 편집장이야. 실패한다고 해도 회사 내에서 내 입지엔 거의 영향이 없어. 반대로 성공해도 그럴 것이고."

수희는 부정하지 못하고 입술을 살포시 깨물었다.

그녀도 문예창작과를 졸업했다. 수많은 국내 작가가 해외 진출을 시도했고, 또 썩 좋지 못한 결과만 가져왔음을 익히 알고 있었다.

잠시 침묵의 시간이 흘렀다.

명훈이 흐트러진 넥타이를 고치며 정적을 깼다.

"난 재건이가 싫어. 걔도 내가 싫겠지만 나하고는 차원이 다를 거야. 보기만 해도 구역질이 나고 온몸이 부들부들 떨려. 나도 모르게 혈압이 치솟아서 뒷목을 잡게 될 정도라고. 이게 내 진심이야. 하지만……."

명훈이 손가락 하나를 눈앞으로 곧게 세워 보였다.

"이거 하나만 알아줬으면 좋겠어. 그놈을 향한 증오심이 제아무리 크더라도 널 좋아하는 마음보다는 작다는 거."

"……."

명훈이 벗어뒀던 상의를 걸쳤다. 멍하니 앉아 있는 수희를 앞에 두고 그는 자리에서 일어섰다.

"먼저 갈게. 그 번역본은 잘됐으니까 한번 읽어봐. 넌 영독 잘하니까 맛 느낄 수 있을 거야."

명훈이 출입구 쪽으로 향했다. 수희는 미동조차 없이 멀거니 '바다가 있었다' 번역본을 내려다보고만 있었다.

재건은 멍한 얼굴로 아무런 대답도 하지 못했다.

'바다가 있었다'에서 은희 배역을 맡았던 신인 배우 나연이 자살 시도를 했다는 말을 이제 막 들은 참이었다.

"자기 차에서 번개탄을 피우려는 걸 같이 사는 동생이 발견했대. 조금만 늦었어도 어떻게 됐을지 몰라. 덕분에 기자들도 냄새를 못 맡았지."

맞은편의 도준이 또 한 잔의 위스키를 가득 따랐다. 벌써 혼자서 반병 이상을 마셨다. 그래도 모자란 기색이었다.

"많이 힘들었나 봐. 전화 한번 제대로 받아주지 않은 게 후회스럽더라. 힘들다고 하소연할 때 들어주는 척이라도 했으면 좋았을 걸."

도준이 위스키를 입안에 털어 넣었다. 그러고는 긴 한숨을 내쉬며 두 눈을 질끈 감았다.

"나연 씨는 앞으로 어떻게 하겠대?"

"고향 내려가서 쉬겠다던데."

"……."

"하여간 유리 멘탈 주제에 무슨 배우를 하겠다고……!"

도준이 으르렁거리듯이 중얼거렸다. 나연을 향한 분노가 아니라 자신에게 가하는 질타였다. 재건도 그러한 그의 마음을 십분 이해하고 잠자코 있었다.

"오해하진 마라. 중국으로 도망가는 거 아니니까. 짜증 나서 일정을 앞당겼을 뿐이지."

"그런 오해 안 해."

"나 없는 동안 채린이 좀 부탁할게. 애가 소설을 좋아해서 그런지 감수성이 엄청 풍부해. 시도 때도 없이 질질 짤 텐데 네가 위로 좀 해주면 고맙겠다."

"알았어."

도준이 두 눈을 번쩍 뜨고는 자리에서 일어섰다. 그를 따라 일어서며 재건이 물었다.

"벌써 가려고?"

"내일 아침부터 빠듯해서 집으로 가야지. 태봉이 형도 바깥에서 기다리고 있고. 너한테 말이나 하려고 온 거야. 제대로 마시는 건 나 월드스타 된 다음에 하자."

"설레발은 진짜. 그래, 월드스타 돼서 돌아와라."

재건은 집 앞으로 나가 멀어져 가는 도준의 차를 두 눈으로 전송했다.

자신의 앞에서 의연함을 유지하려 애썼던 도준의 표정이 뇌리에 생생하게 남아 있었다. 필시 한동안은 마음고생이 심하리라.

드르륵!

집으로 되돌아오니 테이블 위에서 핸드폰이 울리고 있었다. 리카가 빨리 받으라는 듯이 앞발로 핸드폰을 누르며 울음소리를 내는 중이었다.

"누구 전화야, 이 시간에? 어?"

액정에 떠오른 이름은 수희였다.

재건은 리카를 가슴에 안는 동시에 전화를 받았다.

"어, 수희야."

—집이니?

질문하는 수희의 목소리가 날카로웠다.

재건은 무심코 몸을 곧추세우고 대답했다.

"어, 집인데."

—할 말 있는데 가도 되니?

"지금?"

—그럼 내일 갈까?

"아니, 아니. 늦었는데 온다고 하니까 의외라서. 지금 어딘데? 내가 그리로 갈게."

—내가 갈게. 사실 벌써 가고 있어. 10분이면 가.

뚝!

수희의 말이 끝나자마자 전화가 끊겼다. 재건은 어리둥절해하면서도 도준과 술을 마신 흔적을 부랴부랴 치웠다.

청소를 다 끝내고 얼마 지나지 않아 초인종이 울렸다. 재건은 원격으로 문을 연 다음 신발을 신고 나섰다.

"택시 타고 왔어?"

수희의 어깨 너머로 택시가 멀어져 가고 있었다. 조금은 발그레한 두 뺨을 실룩이며 수희는 고개를 끄덕였다.

"회식 있어서 가볍게 한잔했거든."

물론 거짓말이었다. 명훈과 헤어진 뒤 혼자서 건물 지하의 바에서 칵테일을 세 잔 마셨다. 그 후에도 감정의 동요가 멎지를 않아 결국 재건을 찾아오기에 이르렀던 것이다.

"일단 들어와."

재건은 수희를 안으로 이끌어 거실 소파에 앉혔다. 마실 것을 가져오려는 재건의 등 뒤에 대고 수희가 말했다.

"아무것도 안 줘도 돼. 할 말이 있어서 온 거니까 이 말만 하고 돌아갈 거야."

"어, 어⋯⋯."

재건이 심상치 않은 분위기를 감지하고 맞은편에 앉았다.

수희는 말하기에 앞서 길게 한숨을 뽑아내고 있었다.

"결정했어. 해외 발령 수락하기로."

"아아⋯⋯."

"너도 나한테 그랬잖아? 좋은 기회니까 무조건 받아들여야 한다고. 맞지?"

따지는 듯한 수희의 말투가 재건을 당황하게 만들었다.

이런 식으로 말할 때도 있었던가.

"좋은 일이라서 너에게 가장 먼저 말해주고 싶었어. 넌 나한테 세상에서 가장 친한 친구니까."

"수희야."

"표정이 왜 그래? 축하 안 해줘?"

수희가 이상하다는 듯이 고개를 갸웃해 보였다.

재건은 침을 한 번 삼켰을 뿐 대답하지 못했다.

곧이곧대로 축하해 준다는 말을 할 수 있을 리 없었다.

술을 마신 건 수희만이 아니었다. 재건도 도준의 이야기를 들으며 위스키를 2~3잔 마셨다. 얼마간 오른 술기운은 그들의 심장 박동이 빨라지도록 채근해 대고 있었다.

얼마나 정적이 흘렀을까.

"내가 싫어."

한참 만에 수희의 입에서 흘러나온 첫마디였다.

"뭐?"

고개를 든 재건 앞에서 수희가 중얼거리듯 말을 이었다.

"네 앞에서 흐트러지는 걸 싫어해서 싫어. 가끔씩 실수라도 하면 좋을 걸 그게 안 돼서 싫어. 애초에 네가 손을 뻗어줄 일이 없는 성격이라 싫어. 완벽주의라서 싫어. 회사에서 해외 발령 얘기가 나오도록 일을 잘해서 싫어."

수희의 두 눈이 촉촉이 젖어들고 있었다. 그녀는 스스로를 비웃듯이 한껏 웃고는 몸 안으로 울음을 삼켰다.

"결국 네 앞에서 질질 짜는 내가 싫어. 내 자존심에 한 번 고백했다가 차인 남자 앞에서, 또 이렇게 청승을 떠는 게 싫어. 세상에 나 좋다는 남자가 얼마나 많은데. 한심해. 바보 같아. 분해. 짜증 나. 속상해."

"수희야……."

"근데 어떡해. 이렇게 생겨먹은 애가 난데."

수희가 티슈 한 장을 뽑아 눈가를 찍고는 일어섰다.

"할 말 끝났으니 갈게. 혼자 바람 쐬면서 걸어갈 거니까 따라오지 마."

재건은 멍청히 서서 수희의 뒷모습을 바라보았다.

현관에 선 수희가 신발을 신었다. 재건이 일본에서 사줬던 플랫슈즈였다. 첫 만남에선 발을 다치게 했던 그 플랫슈즈가 이제는 수희의 발에 편안히 딱 맞았다.

"가지 마라."

"갈 거야."

"집에 가지 말란 소리 아냐. 유럽 가지 마라, 수희야."

수희가 신발을 신다 말고 돌아보았다.

"……?!"

재건이 더없이 진중한 눈빛으로 목울대를 한 번 울리고 있었다.

"대학 때는 못난 내가 부끄러워서 네 마음을 못 받아들였다. 가진 거라곤 쥐뿔도 없는 내가 어떻게 너처럼 예쁜 애랑 만날 수 있을까 하고. 사정이 풀린 지금에 와서는 겁이 나더라. 너와 어떻게 될지 미래가 두려워서 먼저 말을 할 수가 없었어."

수희가 입술을 파르르 떨었다.

몇 걸음 떨어진 앞에 선 재건은 한 손으로 이마를 싸매고 있었다.

"이제 일어나지도 않은 일 미리 생각하고 걱정 안 한다. 나중에 우리가 어떻게 되든 몰라. 너 배려도 안 해. 네가 나 때문에 해외 발령 못 가서 출세할 길이 막히든 말든 신경 안 써. 나하고 그게 다 무슨 상관이야. 난 이기적인 놈이야. 내 생각만 할 거라고."

재건이 이마를 싸맸던 손을 놓고 성큼성큼 다가섰다.

놀라서 꼿꼿이 선 수희를 내려다보며 그는 오래도록 가슴에 담아뒀던 마음을 토해냈다.

"사랑한다, 수희야."

"재건아……?"

"처음 본 날부터 그랬다. 이제는 너처럼 대단한 여자에게 고백할 자격이 조금은 갖춰지지 않았을까 자신해 본다. 정말로 사랑한다. 정말로……."

수희가 두 손으로 제 입을 가렸다. 두 눈 가득 고인 눈물이 방울져 양 뺨 위로 줄기차게 흘러내렸다.

"흐윽, 흐윽······!"

"수희야."

"너어······ 너 진짜 너무 오래······ 걸렸어······!"

재건이 수희를 가슴 가득 끌어안았다. 품 안에 느껴지는 그녀의 몸이 몹시 작고 가날팠다. 항시 당당하고 도도하게 세상의 부조리함과 맞서던 모습은 지금 이곳에 없었다.

이윽고 재건이 한참이나 끌어안고 있던 몸을 풀었다.

눈물로 젖은 수희의 얼굴이 코앞에 있었다. 도톰하고 매혹적인 입술이 재건의 시선을 사로잡았다. 입술을 가까이 하던 재건은 중간에 흠칫하며 멈췄다.

"너무 빠른 거겠지?"

"안 빨라."

대답과 동시에 수희가 먼저 입술을 덮쳤다. 두 손으로는 재건의 뒷목을 끌어안고 있었다.

하나가 되어 뒷걸음질을 치던 두 사람은 소파에 함께 엎어졌다.

"으읍, 읍······ 하웃."

포개진 입술 틈으로 서로의 혀가 밀려들어 뒤엉켰다.

재건은 입을 맞추는 내내 두 손으로 연신 수희의 양 뺨을 어루만지고 있었다.

믿을 수가 없었다. 대학 시절 만나 20대 내내 마음에 두고 있었던 수희와 입을 맞추고 있다니. 그녀의 아름다운 얼굴을 두 손으로 이렇게 만지고 있다니.

뺨으로 와 닿는 수희의 달뜬 숨결이 느껴졌다. 달콤한 체취만으로도 재건은 정신이 나가 버릴 것만 같았다.

본능적으로 내려간 한 손이 수희의 블라우스 단추를 하나씩 풀고 있었다.

"야옹……."

멀찍이 창틀에 웅크려 있던 리카가 스르륵 내려왔다. 그러고는 계단을 밟아 2층의 서재로 종적을 감췄다.

"하아, 재건아…… 잠깐만……."

블라우스가 풀어 헤쳐지자 수희가 더욱이 얼굴을 붉혔다.

가슴을 가린 두 팔 위로 사슴처럼 쭉 뻗은 새하얀 목덜미가 보였다. 재건의 입술이 그리로 이끌리듯 향했다. 대학 시절, 수희가 포니테일로 머리를 묶고 온 날이면 훤히 드러난 목덜미에 시선을 뺏겨 수업을 제대로 받을 수도 없었다.

"아, 아흑……!"

재건이 쇄골에 입을 맞춘 순간 수희가 온몸을 떨었다. 아랫배에서부터 시작된 전류가 퍼져 나가 그녀의 전신을 찌릿찌릿 울렸다. 손가락 하나조차 마음대로 움직일 수가 없을 지경이었다.

"재건아…… 제발……."

애원하는 수희의 목소리에 재건이 문득 정신을 차렸다.

재건이 입맞춤을 멈추고 얼굴을 들었다.

수희가 두 눈을 감은 채 고개를 옆으로 돌리고 있었다. 괴로워하는 기색이어서 재건은 나직이 물었다.

"미안, 그만할까?"

"그게 아니라……. 불…… 꺼줘."

수희가 그렇게 말한 순간.

거짓말처럼 거실의 불이 꺼졌다.

원인을 알 수 없는 현상이었지만 그런 것에 의문을 품을 틈 따위 지금의 두 남녀에게는 없었다.

리카의 두 눈이 어둠 저편에서 빛났다가 이내 사라졌다.

60장
높이 멀리 봐야지

재건은 꿈을 꾸고 있었다.

'겨자 목욕탕'이라는 간판이 눈앞에 보였다.

몹시 허름하고 오래된 목욕탕 건물이었다. 이제는 영업을 하지 않는 목욕탕 입구에는 '출입 금지'라는 벽보가 바람에 나부끼고 있었다.

재건은 천천히 뒤로 몸을 돌렸다.

건천읍사무소와 건천파출소의 간판이 차례차례 보였다.

문득 발밑에서 기척이 일었다. 리카가 애교를 부리듯 바지 자락에 매달려 있었다.

'으음……?!'

창문을 통해 흘러드는 빛을 느끼고 재건이 두 눈을 떴다.

익숙한 무늬의 천장이 보였다. 양옆을 돌아보니 안방의 침대 위였다.

'왜 시트가 없지?'

상체를 일으켜 앉은 재건이 침대를 손으로 쓸며 생각했다.

수희와 함께 누웠을 때 분명히 회색 시트를 깔아두었는데 어디론가 사라지고 없었다.

"뭐지, 수희가 치웠나?"

"야옹."

"억, 리카. 잘 잤어?"

재건이 하품을 하며 리카를 품에 안아 들었다.

리카를 보자 간밤의 짧은 꿈이 뇌리에 되살아났다.

'겨자 목욕탕? 건천읍사무소? 내가 그런 곳을 가 본 적이 있었던가?'

잠이 덜 깬 상태로 생각하고 있으려니 바깥에서 달그락거리는 소리가 울렸다.

재건은 리카를 안고서 방 밖으로 나섰다.

"뭐 해?"

"아, 나 때문에 깼니? 냄비를 꺼내다 실수로 뚜껑을 떨어뜨렸네."

국자를 든 수희가 머쓱하게 웃으며 말했다.

하의는 없이 재건의 펑퍼짐한 반팔 티셔츠를 몸에 입고 있었다. 새하얀 허벅지가 아침햇살보다 눈부시다고, 재건은 문득 생각했다.

"찌개 끓이고 있어. 조금만 기다려. 커피 한잔 줄까?"

"내가 탈게. 너도 한잔할래?"

"타주면 고맙지."

커피를 타던 재건은 문득 이상한 낌새를 발견하고 두 눈을 가느다랗게 떴다. 주방 이곳저곳을 오가는 수희의 걸음이 이상했다. 흡사 다친 사람처럼 절뚝거리고 있었다.

"수희야, 다리 다쳤어?"

"어?"

"다리를 왜 절어? 너 걷는 게 부자연스러워서."

수희가 한껏 얼굴을 붉히며 고개를 가로저었다.

"아, 이, 이건…… 아니야. 괜찮아."

"괜찮긴 뭐가 괜찮아? 어디 다친 건데?"

"그런 거 아니라고. 바보."

"내가 왜 바보야?"

"여자를 이렇게 모르면서 대체 어떻게 베스트셀러를 썼니?"

수희가 짐짓 눈을 흘기고는 어이없다는 듯이 피식 웃었다. 가슴에 안긴 리카도 힐난하듯 앞발로 재건의 뺨을 꾹꾹 눌러 대고 있었다.

'아무튼 꿈만 같군.'

간밤의 일이 아직도 현실처럼 느껴지지 않았다. 사랑을 한다는 것이 이렇게 좋은 일이었다니. 입가에 절로 웃음꽃이 피어나고 있었다.

드르륵!

주방 탁자에 뒀던 핸드폰으로 메시지가 날아들었다.

재건은 손에 핸드폰을 쥐고 수신된 메시지를 확인했다.

메시지는 하나가 아니었다. 밤새도록 쌓인 부재중 전화만 10여 통에 애원조의 메시지는 20통이 넘어가고 있었다.

메시지를 확인한 재건은 처음엔 두 눈을 한껏 부릅떴다.

하지만 그것도 잠시.

이제는 예전보다 훨씬 세상을 이해하게 됐다. 그래서 씁쓸하게나마 웃음을 터뜨릴 수 있었다.

"하하하……."

"왜 웃어?"

"인터넷에서 악성 댓글 심하게 다는 애들 잡으려고 변호사 사무실에 맡겼거든. 두 명 잡았네. 메시지로 울고불고 난리가 났어."

"잘됐어. 합의 봐주지 마. 그런 놈들은 혼쭐을 내줘야 돼."

맞장구를 치며 찌개를 끓이던 수희는 갑자기 두 눈을 동그랗게 뜨고 돌아보았다.

"근데 완전히 위임한 거 아니야? 네 번호를 어떻게 알고?"

"내가 아는 사람들이니까."

"아는 사람들이라고?"

재건이 핸드폰을 내밀었다. 그것을 건네받아 내용을 확인한 수희는 소스라치게 놀라 입을 반쯤 벌렸다. 그녀도 익히 아는 사람의 이름들이었다.

BIG LIFE

"정말 미안하다. 정말 미안해, 재건아!"

태정은 그야말로 모은 두 손을 닳도록 비벼대며 사죄했다. 깎지 않은 수염으로 한껏 초췌한 얼굴이었다. 카페 주인과 몇몇 손님이 기이한 눈초리로 바라보고 있었다.

"내가, 내가 정말 정신이 나갔던 것 같다. 술을 마시기만 하면 내가 내 정신이 아니라서⋯⋯. 내가 일도 잘 안 되고 글도 안 써지고, 네가 부러워서 미친 짓을 했다. 정말, 정말로 미안하다⋯⋯."

재건과 나란히 앉아 있던 수희가 싸늘한 웃음을 머금었다.

명경예대 오리엔테이션 때의 모습이 떠올라서였다. 그때부터 태정은 노골적으로 재건을 증오했었다. 그저 자신보다 잘났다는 이유 하나만으로.

"합의 좀 봐주라. 나 저, 정말…… 공무원이라도 해야 먹고 산다. 벌금형 받고 전과 기록 남아서 결격사유 되면 나 진짜 죽어야 된다……."

재건은 어이가 없어 말이 나오지 않았다.

그를 대신해서 수희가 나섰다.

"어쩜 이렇게 낯짝이 두꺼울까? 이 상황에도 자기 걱정만 하고 있네? 입에 담지도 못할 온갖 상소리를 퍼부어 놓고 이제 와서 잡히니까, 뭐? 공무원 시험을 치러야 하니 봐달라고?"

"수희야, 정말 너한테도 너무 미안하다……! 제발, 제발 부탁한다……. 내가 이렇게 빌게!"

태정이 의자에서 내려와 바닥에 무릎을 꿇었다. 타인의 시선에도 아랑곳하지 않았다.

아니, 그럴 여유가 있을 리 없었다.

"잘못했다, 재건아. 제발 한 번만 봐주라. 으흐흐흑……!"

태정은 재건과 수희의 발치에 무릎을 꿇고 두 손을 싹싹 비비며 흐느꼈다.

재건은 착잡한 얼굴로 뒷목을 주물렀다.

태정이 흘리는 악어의 눈물은 그의 가슴을 울리지 못했다.

바로 그때.

"아, 이제 오니?"

수희가 짐짓 반가운 어조로 출입구를 향해 손을 들었다.

이제 막 문턱을 밟고 들어오던 여자가 그 자리에 얼어붙듯이 섰다. 힐끔 그쪽을 돌아본 태정도 젖은 두 눈을 찢어져라 부릅떴다.

"저, 정미야⋯⋯!"

태정에 이은 또 한 사람의 피의자.

정미가 움직일 줄도 모르고 문턱에 우두커니 섰다. 초점을 잃은 두 눈은 둘 곳 없이 흔들리고 있었다.

태정은 말을 잇지 못하고 정미를 하염없이 바라보았다.

대학 시절부터 내심 좋아했던 정미와 명예훼손죄 피의자로 재회하게 될 줄이야.

꽉 깨문 어금니가 부서질 것만 같았다. 어딘가 쥐구멍이 있다면 온몸의 뼈를 으깨서라도 들어가고 싶을 정도로 수치스러웠다.

"합의 봐줄게."

그렇게 말하며 재건이 자리에서 일어섰다. 대가는 이걸로 충분하다는 생각이었다.

"좋은 공무원 됐으면 좋겠다."

재건이 수희의 손을 살포시 잡았다.

두 사람이 옆을 지나쳐 카페를 빠져나가는 순간에도 정미는 두 눈의 초점을 되찾지 못했다.

"이걸로 된 거지?"

손을 잡고 나란히 걸으며 수희가 물었다.

재건은 그녀와 잡은 손을 고쳐 다섯 손가락으로 깍지를 끼고는 고개를 끄덕였다.

"기분은 괜찮고?"

"아무렇지도 않아. 이런 자질구레한 일에 신경 쓰고 싶지도 않고."

말을 마친 재건은 속으로 덧붙였다.

수희 네가 곁에 있었기 때문에 충격받지 않을 수 있었다고.

"그래, 재건아. 넌 이제 좀 높이 멀리 봐야지. 온 지구에 이름을 날릴 작가가 됐잖아."

"이제 겨우 바다가 있었다 하나 나가는 거야."

"혹시 아니? 우리 쪽에서 나가는 오스카의 던전이 먼저 흥해서 수출될지. 유능한 이 내가 팀장인데?"

웃으며 수희를 쳐다보던 재건의 시선이 아래로 향했다.

수희의 걸음걸이가 여전히 불편한 느낌이었다. 재건은 수희 앞에 등을 대고는 쪼그려 앉았다.

"업혀."

"창피하게 왜 이래? 하지 마."

"너 아무래도 다리 다친 거 맞으니까 업히라고."

"걸어갈 수 있어. 괜찮아."

"흠, 그럼 이렇게 안는다."

"재, 재건아?!"

재건이 한 팔을 수희의 오금에 끼더니 나머지 한 팔로는 등을 받치고 번쩍 들어 안았다.

창피한 수희가 난리법석을 부렸지만 재건은 결코 내려주지 않았다.

완연한 봄이 찾아오고 있었다.

BIG LIFE

"저희 방송국 프로그램 작가의 서재에 나와주셨을 때 저와 한번 뵈었었지요? 그 이후로 참 오랜만에 뵙는데요. 그때보다 훨씬 혈색이 좋아지신 것 같아요. 기분 탓일까요?"

화사한 투피스 차림의 여성 진행자 혜상이 대본에서 눈을 떼고 재건을 바라보았다. 벤치에 나란히 앉은 재건은 차분하게 웃으며 입을 열었다.

"요즘 주변 작가들로부터 보기 좋아졌다는 말을 곧잘 듣습니다. 예전엔 많이 말랐다는 반응이었는데요. 실제로 안 하던 건강관리를 하기 시작했는데 이 덕분인 것 같습니다."

EBC 프로그램 '문학과 산책' 현장이었다.

녹화는 스튜디오가 아닌 방송 센터 앞 공원에서 진행되고 있었다. 새하얀 실크 셔츠에 감색 슬랙스 차림의 재건은 양 팔을 펜 편안한 자세로 녹화에 임하는 중이었다. 등 뒤로 우거진 푸른 초목이 봄바람에 넘실거렸다.

"만면에 여유가 흐르네, 아주."

"그러게. 돈이랑 명예가 좋은 거야. 작가의 서재 나왔을 당시만도 저렇게까지 귀티 나진 않았던 것 같은데."

앵글 밖의 스태프들이 부러운 시선으로 쑥덕였다. 그간 수많은 작가를 접해온 그들이 보기에도 재건은 격이 달랐다.

견줄 만한 작가가 거의 없을 만큼 경이로운 성장이었다. 섭외 요청을 하려면 삼고초려는 기본으로 각오해야 할 만큼 이제는 급이 부쩍 높아졌다.

"두 작품 연속으로 베스트셀러 홈런이라니……. 대체 얼마나 벌었을까?"

한 스태프가 고개를 절레절레 내저으며 중얼거렸다.

재건의 두 소설은 베스트셀러가 된 것만으로 모자라 영화로도 만들어졌다.

그중 '바다가 있었다'는 신인 감독의 작품임에도 불구하고 무려 최종 관객 수 820만 명이란 놀라운 성적을 거둬들였다.

이제 곧 5월 말에 백송예술대상이 개최된다.

최소 2개 부문 수상은 확정된 것이나 다름없다는 기사가 벌써부터 여러 언론을 통해 흘러나오고 있는 판국이었다.

"어? 성규 형, 돈 많이 벌었겠지? 인세에 판권에 시나리오까지…… 대체 한 달에 얼마씩 벌어들일까?"

"내가 그걸 어떻게 알아. 그리고 하 작가 원래 장르판 출신이잖아. 진짜 돈은 그쪽에서 갈퀴로 쓸어 담고 있을걸?"

돈을 갈퀴로 쓸어 담는다는 스태프의 말이 과장된 것만은 아니었다. 상업적 성취를 따지자면 풍천유도 하재건에 비해 결코 못하지 않은 것이 사실이기에.

날이 갈수록 커지는 전자책 시장.

이 상황은 그야말로 풍천유에게 날개를 달아주었다.

'더 브레스'와 '오스카의 던전'을 필두로 한 그의 장르 소설들은 온라인과 오프라인을 막론하고 연일 무서운 기세로 팔려 나가고 있었다.

"넥션에서 게임도 만들고 있잖아. 이것까지 터지면 진짜로 노 나는 거지. 중국이랑 대만으로 진출한다던데."

"그러게. 뭐, 흥행이야 복불복이니 두고 봐야겠지만. 이크, 그만 말해. PD님 오신다."

멀찍이서 등장한 PD를 보고 스태프들이 수다를 멈췄다.

앵글 안의 혜상과 재건은 즐거운 기색으로 대화를 이어가는 중이었다.

"……또 한 번 작가의 서재 출연하셨을 때의 상황을 언급하게 되었는데요. 당시 하재건 작가님께서는 스무 살의 여름 판매량 100만 부를 목전에 두고 계셨습니다. 불황의 여파 속에서 놀라운 성적이라고 소감을 여쭤봤었는데, 혹시 기억하고 계신가요?"

"물론입니다. 저는 한국 미스터리 독자분들의 저력을 실감했다는 취지로 대답을 드렸었지요."

"네, 맞습니다. 그런데 말이죠. 이제 스무 살의 여름은 판매량 190만 부를 넘어 무려 200만 부 고지에 가까워지고 있습니다. 그 뒤를 이어 출간된 바다가 있었다 역시 150만 부라는 누계를 기록하고 있고요."

여기까지 말하고 난 혜상이 말을 멈추고는 놀랍다는 듯이 입을 벌려 보였다.

재건은 시선을 내리깐 채 멋쩍게 웃을 뿐이었다.

"이 자리를 빌려 제가 개인적으로 한번 여쭤보고 싶습니다. 하재건 작가님, 이렇게 어마어마한 인기를 끌게 되리라고 솔직히 예상하셨는지요?"

"진심으로 예상 못 했습니다. 담당 편집장님과 통화할 때마다 그 당일까지의 판매 부수를 듣곤 했는데, 듣는 저조차 경악스러울 정도였습니다. 이게 무슨 말씀이실까. 벌써 이렇게나 팔렸다고? 이런 느낌이었습니다."

혜상이 고개를 끄덕이며 대본을 넘겼다.

어느덧 마지막 장이 얼마 남지 않았다.

"이제 소설 바다가 있었다의 미국 시장 진출에 대한 이야기를 꺼낼 차례가 되었습니다. 초판으로 찍은 5만 부가 동이 났고, 5만 부를 추가로 증쇄했다는 소식이거든요?"

"하하, 네."

"앞서 미국에 진출했던 국내 작가들의 성적과 견주어 보면 상당히 좋은 시작이라고 볼 수 있지요. 미국의 대표적인 일간신문 뉴욕 타임스에서도 호평일색의 북 리뷰를 내놓았습니다. 소감이 어떠세요?"

"사실 걱정이 많았습니다. 원작에서 다루는 작중 인물들의 내면이라거나 의식, 이런 부분들의 비중이 결코 작지 않습니다. 이런 우리나라 고유의 감성이 과연 미국 독자들에게도 통할지 그런 부분에서 두려움이 있었습니다."

혜상은 흥미를 머금은 두 눈을 가늘게 뜨고서 이야기를 경청하고 있었다. 재건은 생각을 정리하며 다소 느릿하게 말을 이었다.

"결국 많은 조력자의 힘이 보태진 덕분이라고 생각합니다. 수준 높은 번역과 현지에서 이뤄진 마케팅, 그런 것들이 어우러져서 지금과 같은 반응을 이끌어 내지 않았나 싶습니다."

말을 마친 재건이 고개를 들었다. 멀찍이 앵글 바깥에 리

카를 안고 선 연우가 보였다. 시선이 마주치자 연우는 입을
뻥긋거리며 '형, 멋있어요'라고 메시지를 보내왔다.

피식 웃는 재건의 코끝으로 훈풍이 스쳐 가고 있었다.

BIG LIFE

웅성출판그룹 미스터리움 편집장실.

명석은 멍하니 허공을 응시하며 입가에 미소를 그리고 있
었다. 미국으로 발을 내디딘 '바다가 있었다'의 시작이 좋은
까닭이었다.

드르륵!

핸드폰이 울리며 채유진으로부터 전화가 걸려왔다.

명석은 시선을 거둬들이고 바로 전화를 받았다.

"채유진 씨가 어쩐 일로 이 시간에 국제전화를 다 하셨
을까?"

─밤이 길고 지루하기 짝이 없어서 했다, 왜?

유진이 스스럼없는 어조로 말을 받았다.

그녀는 명석과 대학 동기이자 오랜 친구였다. 각국을 오가
는 출판 에이전트가 그녀의 직업이었다.

유진이 뭔가를 먹는 듯 우물거리는 투로 말했다.

─명훈이 잘하고 있더라? 바다가 있었다 금방 NPR도 타

겠던데? 지인 몇 건너서 얘기 들어보니까 북 리뷰 꽂은 것도 직접 발로 뛴 거라며? 선배 하나 기자로 있다고. 명훈이 원래 이런 캐릭터 아니었잖아?

"아무튼 형으로서는 기특하고 고맙지."

명석은 웃는 얼굴로 대답하며 서랍을 열었다. 어린 날의 자신과 명훈이 함께 찍힌 사진이 오롯이 담겨져 있었다.

─초판은 다 나갔고 5만 부 더? 무난하게 소화할 거 같네. 뉴욕 타임스 베스트셀러는 어렵지 않게 진입할 수 있겠다. 솔직히 그 이상은 어려울 거 같고.

"너에게 맡겼으면 20위 안까지도 가능했을 텐데."

명석의 너스레는 반쯤은 진담이었다. 유진이 유능한 에이전트라는 사실을 잘 알고 있기 때문에. 해외시장에 대한 이해도가 깊은 데다 유수 출판사들과도 좋은 친분 관계를 유지해 오고 있었다.

사업이라는 건 사람과 사람이 만나서 발생한다. 일을 성사시키는 관건은 결국 사업적인 친화력과 경력이다.

출판 에이전트인 유진도 이런 측면에서 예외일 수 없었다. 명석이 아는 그녀는 해박한 지식과 풍부한 경험을 바탕으로 맡은 일을 능숙하게 해내는 여자였다. 대학 시절부터 줄곧 그래 왔다.

─말은 청산유수지. 웅성출판그룹이 뭐가 아쉬워서? 저작

권 담당자는 괜히 뽑아서 월급 주니?

"판권 확인하고 계약 돕는 게 에이전트 일의 전부라면 굳이 널 찾아갈 필요는 없겠지."

─정말 생각 있으면 하재건 작가님 작품이나 하나 던져 줘. 내가 잘 팔아줄게. 아니, 던져 줄 게 아니라 신작 뭐 안 쓰신대? 좀 이쪽 동네에서 먹히는 걸로.

"요즘 게임으로 시나리오 작업 때문에 바쁘신 것 같아서. 신작 계획은 물어보질 못했네."

─오스카의 던전 말하는 거지? 그 판타지 벌써 8권? 9권? 분량 너무 길어. 시작부터 모험이야.

"그렇겠지, 아무래도."

─전작들은 다 검토해 봤어. 멍청한 여자부터 90년대 소년, 스무 살의 여름까지……. 야, 진짜 바다가 있었다가 제일 낫더라. 이게 그나마 미국에 먹힐 만한 거야. 나머지는 솔직히 힘들어. 안 그래도 영미권에서 아시아 작가들 인지도 개판인데. 너무 한국적이야. 힘들다고.

유진의 목소리가 흥분으로 빨라지고 있었다.

─장편 한 권 새로 쓰시라고 살살 꼬셔봐. 미스터리도 좋고, 호러도 좋고, 로맨스도 좋아. 현대를 배경으로 한 판타지도 좋고. 좀 이쪽에 먹힐 만한 걸로. 스토리 위주, 어?

"기회 되면 이야기는 꺼내볼게."

―알았어. 하암, 이제 자야지. 보고 싶다, 오명석. 언제 이 누나 보러 한번 놀러 와. 전화도 자주 좀 하고.

　"그렇게. 푹 쉬어."

　전화를 끊은 명석은 재건의 전화번호를 누르려다 이내 그만뒀다. 조만간 얼굴을 보고 느긋하게 말을 꺼내도 늦지 않으리라.

　창을 통해 흘러드는 햇살이 따스했다.

비장
경주로 가자

"와, 재건이 형. 형 트위터 팔로워 150만 명 넘겼어요. 도준이 형이랑 애플티 쪽에서 유입 장난 아닌 거 같아요."

"지금 그게 문제가 아니야. 와, 이건 거의 해독을 해야 할 수준이네."

재건은 울상이 되어 모니터 화면을 들여다보고 있었다.

'바다가 있었다'가 미국에서 출간된 이후 미국인 독자들의 메일이 쇄도하고 있었다. 당연히 사용된 언어는 모조리 영어다. 오래도록 영어 공부를 하지 않은 재건으로서는 머리에서 쥐가 날 노릇이었다.

'그렇다고 답장을 안 할 순 없지.'

재건은 한국 독자를 상대할 때보다 거의 10배의 시간을 들여가며 일일이 답장을 작성했다. 자신의 작품을 읽어준 고마운 독자들이다. 지금으로선 보답할 길이 답장밖에 없었다.

드르륵!

수희로부터 전화가 걸려왔다.

재건은 갓 작성한 메일 끝에 마침표를 찍었다. 그리고 핸드폰을 집어 안방으로 들어가 전화를 받았다.

"어, 수희야."

─점심 먹었어?

"이제 곧 먹으려고. 너는?"

─좀 있다 팀원들이랑 밥 먹으러 나갈 거야. 우린 육회비빔밥 먹으러 갈 건데. 너는 연우 씨랑 뭐 먹을 거야?

"그럼 우리도 육회비빔밥 먹어야겠다."

그렇게 대답하며 재건은 웃었다.

예전엔 수희와 전화로 이런 일상적인 얘기를 길게 주고받는 법이 없었다. 하지만 이제는 상황이 달라졌다. 무슨 대화를 해도 까닭 없이 달콤한 것이다.

─따라하기는. 내가 사준 비타민은 아침에 먹었지?

"먹었어."

─찌개는 한 번 데워놓고 나왔어?

"그럼. 누가 분부하셨는데."

─냄비 뚜껑 비스듬히 젖혀뒀지? 글구 소파에 빨래 개어둔

거 어떡했어? 리카가 흩어놓았을까 걱정되네.

"다 말한 대로 해놨으니까 걱정하지 마. 너무 완벽하게 챙겨주지 않아도 된다고."

—내 성격이 어디 가야지. 아, 날씨 좋다. 여행 가고 싶어.

수희의 상큼한 목소리가 귓가를 간질였다. 재건은 당장 그녀를 만나러 가고픈 충동을 누르고 대답했다.

"여행 갈까? 1박 2일로 주말에?"

—정말? 그럴 수 있어?

"나야 프리랜선데 상관없지. 너야말로 괜찮아?"

—그럼, 주말이잖아. 아, 재밌겠다. 우리 첫 여행이잖아. 어디 가지? 응? 어디 갈까, 재건아.

"이따 저녁에 만나면 상의해 보자."

—그래, 그러자. 재건아, 미안. 나 이제 식사하러 나가봐야 돼. 퇴근하고 전화할게. 점심 맛있게 먹어.

"어, 너도."

전화를 끊은 재건은 핸드폰으로 인터넷에 접속했다.

가 볼 만한 여행지를 검색하자 각 지역의 정보가 줄줄이 올라왔다. 스크롤을 내리며 하나씩 확인하던 재건은 문득 생각에 잠겼다.

'건천읍…… 이었지?'

예고도 없이 얼마 전에 꿨던 꿈이 떠올랐다.

'겨자 목욕탕'이라는 허름한 간판.

그리고 돌아섰을 때 보았던 건천읍사무소와 건천파출소의 풍경이 하나씩 뇌리에 되살아났다.

재건은 검색창에 '건천읍'을 입력했다. 즉시 '경주시 건천읍'이라는 문구가 자동완성으로 뒤따라 올라왔다.

'아아, 경주였구나.'

신라 천년의 고도로 많은 명승고적을 보유한 경주.

재건도 어린 시절 가족과 한 번, 고등학생 때 한 번 학교에서 단체로 가 본 적이 있는 곳이었다.

재건은 일단 꿈에서 본 기억을 좇아 겨자 목욕탕을 검색해 보았다. 경주시 내의 그 어디에도 그러한 이름의 목욕탕은 존재하지 않았다.

방법을 바꿔 이번엔 건천읍사무소를 검색해 주변 풍경을 화면에 띄웠다. 결과는 마찬가지였다. 최신식 설비를 갖춘 신식 찜질방만 하나 세워져 있을 뿐이었다.

"재건이 형, 저 뱃가죽이 등에 달라붙었어요."

"알았어. 밥 먹으러 가자."

연우와 사무실을 나서면서 재건은 생각했다. 수희가 과연 경주로 여행을 가자고 하면 수락해 줄까 하고.

저녁이 되어 만났을 때.

수희는 실로 간단하게 경주로 가자고 수락해 주었다.

"정말 좋은 거야?"

"응, 좋아. 나도 경주 마지막으로 가 본 게 대학 때라서. 1학년 때 나랑 효진이랑 정진이랑, 또 친한 애 몇몇 모여서 여행 갔었잖아."

각양각색의 초밥 접시가 나란히 앉은 두 사람의 눈앞으로 지나가고 있었다. 수희는 새우초밥이 담긴 접시를 집어 재건 앞에 내려주고는 말을 이었다.

"그때 너한테도 같이 가자고 말했었는데. 하계 방학 내내 글 써야 된다면서 빠졌었지?"

"하하, 그랬지."

재건이 겸연쩍은 웃음으로 말을 받았다.

고되고 무더웠던 여름날의 기억이 눈앞에 아른거렸다.

선풍기 하나 틀어놓고 땀을 뻘뻘 흘리며 글만 썼다. 짧지 않은 하계 방학 내내 방에 틀어박혀 그렇게 살았었다. 하루는 코피가 쏟아지는 줄도 모르고 쓰다가 아버지에게 한 대 얻어맞기까지 했다.

"정말 미친 사람처럼 썼어."

재건의 심중을 읽기라도 한 것처럼 수희가 말했다.

"며칠 전에 정진이랑 통화했는데 네 얘기 나오니까 그러더라. 넌 언제나 쓰고 있었다고. 공강일 때도, 점심을 먹을 때

도, 심지어 수업 끝나고 애들끼리 술 마실 때도. 그렇게 써댔
는데 성공 안 하고 배길 수 있겠냐고 하더라구."

"정진이가 그런 말을 해?"

"옛날부터 그랬어. 자기 얘기보다 네 얘기 나오면 더 신나
서 죽잖아."

재건은 시선을 내리깔고 웃었다.

오늘의 자신이 있기까지 정말 큰 힘이 되어준 친구다.

평생을 두고 보답해야 할 만큼.

'으음?'

상념이 걷히면서 아래를 향한 재건의 시야가 확연해졌다.

오늘의 수희는 하늘거리는 시폰 스커트를 입고 있었다. 치
맛자락 밖으로 쭉 뻗은 늘씬한 허벅지는 검은색 스타킹으로
감싸여 있었다. 주황빛 조명을 머금은 다리가 고혹적이어서
시선을 뗄 수가 없었다.

"어딜 그렇게 쳐다봐?"

시선을 느낀 수희가 스커트를 살짝 고치며 물었다.

재건이 느릿하게 고개를 들었다. 초밥 접시 하나를 집으며
그는 태연하게 대답했다.

"다리가 예뻐서."

"뻔뻔해진 거 봐."

어이없어 하는 수희의 얼굴이 발그레했다.

재건은 양어깨를 들썩이며 웃었다.

이제는 예전처럼 수희의 다리를 힐끗거리지 않아도 된다. 대놓고 쳐다보는 건 아직 멋쩍지만 어쨌든, 적어도 보다가 들키더라도 용서는 받을 수 있게 됐다.

"내가 원래 여름이란 계절을 좋아하는데 점점 싫어지려고 한다."

"그건 또 무슨 말이야?"

"여름 되면 너 스타킹 신은 거 볼 수가 없게 돼서."

"어쩜…… 남자들은 다 그러니?"

"하하하."

드르륵!

핸드폰이 울리며 대화가 끊겼다. 명석으로부터 걸려온 전화였다. 재건은 양해를 구하고 핸드폰을 들었다.

"안녕하세요, 편집장님."

—안녕하세요, 선생님. 잠시 통화 가능하세요?

"네, 됩니다. 말씀하세요."

—다름이 아니라 이번 주에 한번 모시고 싶어서요. 드릴 말씀도 있고요. 금요일 저녁 시간이 어떠십니까?

"아, 죄송합니다. 제가 이번 주는 경주로 여행을 가게 돼서 조금 어려울 것 같아요. 다음 주는 화요일부터 쭉 상관없습니다."

―알겠습니다, 선생님. 그럼 내주 중으로 날짜를 잡아보겠습니다.

"그런데 무슨 일이세요? 궁금해서 안 여쭤볼 수가 없네요."

―하하, 네. 두 가집니다. 간단하게 말씀드리자면 일단 CF 섭외가 몇 개 들어왔어요. 기가스터디 포함해서 인터넷 논술 교육과 학원 사업하는 업체들이요. 선생님의 지적인 인상이 자사 홍보에 큰 힘이 될 것 같다고들 아주 애원조입니다.

"아아, 네……."

재건은 별반 흥미가 동하지 않아 말끝을 흐렸다.

광고에 출연하면 돈은 많이 받겠지만 그건 원하는 바가 아니었다.

돈이라면 벌 만큼 벌었다.

스스로 수긍 가능한 다른 목적이 필요했다.

'논술은 그냥 많이 읽고 많이 쓰는 게 답 아닌가. 학원도 반드시 가야 하는 건 아니고.'

광고에 출연하면 당연히 해당 업체를 칭찬해야 한다. 하자가 있더라도 덮어놓고 그래야 하는 게 광고다. 한 사람의 인간으로서 재건은 그런 측면에 관해 책임감을 느끼고 있었다.

"CF는 생각을 좀 해보겠습니다. 당장은 꼭 나가야 할 이유가 없는 것 같아서요."

생각 끝에 재건이 핸드폰에 대고 대답했다.

명석은 더 묻지 않고 즉시 두 번째 화제로 넘어갔다.

—알겠습니다. 또 하나는 선생님 신작에 관한 이야기였습니다.

"신작이요?"

—네, 이번엔 한국인 대상이 아니라 시작부터 해외시장을 염두에 두고 써보시는 건 어떨까요. 우리나라 사람의 감성을 최소화하고 스토리 위주로요.

"무슨 말씀이신지 알아들었습니다. 아직 신작은 고민하고 있는 중입니다."

—호러도 좋고 미스터리도 좋습니다. 특히 영미권 독자들이 좋아하는 장르죠. 선생님께서 작정하고 쓰시면 해외시장에서도 흥행할 수 있으리라고 믿습니다. 바다가 있었다의 몇 배, 혹은 몇십 배 이상도. 현지 에이전트도 저와 비슷한 의견을 냈습니다. 부담스러우셨다면 죄송합니다.

"부담스럽지 않습니다. 베스트셀러를 두 개나 만들고 미국 시장까지 뚫은 건 전부 편집장님 덕분입니다. 말씀하신대로 차분하게 신작 고민해 보겠습니다."

재건은 얼마간 더 통화한 다음 핸드폰을 거둬들였다.

옆자리의 수희가 기다렸다는 듯이 물었다.

"신작 얘기야?"

"어, 신작은 시작부터 해외시장을 염두에 두고 쓰면 좋겠다고 하시네. 근데 뭐 구상한 것도 하나 없는데, 지금은."

"천천히 고민해 봐. 급한 거 아니니까."

"그래야지."

대수롭지 않게 말을 받으면서도 재건의 머리는 이미 고민을 시작한 참이었다. 해외시장에서도 먹힐 만한 재미있는 이야기가 무엇이 있을까 하고.

BIG LIFE

"명훈이가요?"

"그래, 녀석도 참."

명석은 믿을 수가 없었다. 그의 아버지 태진은 이제 막 명훈의 소식을 전한 참이었다.

"에이전트 일을 하면서 부족한 점을 많이 느꼈다더구나. 자처해서 미국에 남겠단다. CEO가 되기 전에 아직 공부해야 할 부분이 많다고. 인맥도 필요하고."

명석은 고개를 끄덕이며 입가에 미소를 그렸다.

맞은편 소파의 태진은 커피 한 모금을 마시고는 부드러운 어조로 말을 이었다.

"명훈이가 참 오래 헤매다 이제야 제 길을 찾은 모양이다.

성격이 모난 데가 있어서 그렇지 마음먹고 하면 맡은 일은 곧잘 해."

"저도 압니다. 일하다 보면 드센 면이 있어서 가끔 마음에 걸리긴 하지만요."

"너무 나무라지 마라. 사업을 하다 보면 이따금 강짜를 부릴 일도 생기게 마련이야. 너무 지나치다고 느껴질 때면 네가 형으로서 주의를 주면 되고. 지금껏 그래 왔잖니."

"알겠습니다. 일단 한 번은 한국에 들어오겠네요."

태진이 커피 잔을 내려놓고 화제를 바꿔 물었다.

"하 작가 그 친구는 별일 없는 게냐?"

"네, 지금 신작 구상하는 중입니다. 바다가 있었다 일도 있고 해서, 이번엔 애초에 해외시장을 겨냥해서 한번 써보는 게 어떻겠냐고 언질을 해뒀어요."

"이번에도 잘되었으면 좋겠구나. 네가 워낙 알아서 잘하겠지만 투자 아끼지 말고 해라."

"물론입니다. 바다가 있었다 흥행하고 나서 전작들 판권 사려고 다들 난리입니다. 멍청한 여자와 질풍노도에 대한 관심이 특히 커요. 하 작가님하고 잘 논의해서 하나씩 하나씩 해나가야죠."

"그래, 알겠다."

태진이 끙 하고 소리를 내며 자리에서 일어섰다.

"벌써 들어가시려고요?"

"편집장 업무를 방해하면 그게 어디 사장이야? 저녁에 보자. 일찍 들어와라. 네 어머니가 토란국 끓여주신단다."

"네, 아버지. 먼저 들어가세요."

태진을 보내고 난 명석은 핸드폰을 들었다. 오늘처럼 명훈의 목소리를 듣고 싶은 날이 없었다. 생각해 보니 뭔 말을 하더라도 퉁명스러운 반응이 돌아올 게 뻔해서 이내 그만두고 혼자 웃었다.

그리고 마음으로 응원을 보냈다.

BIG LIFE

여행은 무척 즐거웠다.

예약한 호텔에 체크인을 마치고 난 재건과 수희는 경주 곳곳을 누볐다. 어딜 가든 두 사람은 서로를 꼭 잡은 손을 놓지 않고 있었다.

"첨성대랑 안압지도 봤고. 이제 박물관 가야지."

"수희야, 조금만 쉬었다 가자."

"1박 2일인데 쉴 시간이 어딨어? 박물관 가서 쉬자. 빨리 구경 안 하면 해 떨어지겠어."

편안한 청바지에 운동화를 신은 수희는 더없이 활기찼다.

재건과 단둘이 온 여행이 이토록 즐거울 줄이야.

너무도 빨리 흘러가는 시간이 안타깝기만 했다.

"죄송합니다. 저희 사진 한 방만 찍어주실 수 있을까요?"

박물관을 돌아보고 나오는 길.

재건은 근처를 지나가던 40대 부부에게 사진 촬영을 부탁했다. 남자가 순순히 그녀의 핸드폰을 손에 받아 들었다.

"네, 주세요. 이거 누르면 되는 거죠?"

"맞아요. 고맙습니다."

재건은 재빨리 수희에게로 돌아와 나란히 섰다. 어깨 위로 팔을 두르자 수희는 머리를 살짝 기울여 재건에게 기대왔다.

하나, 둘, 셋.

김치라는 말과 함께 핸드폰의 플래시가 터졌다.

"정말 고맙습니다."

"고마우시면 저도 사인 한번만 해주실 수 없을까요?"

"네?"

남자가 생글생글 웃으며 자기 아내에게 손짓을 했다.

그의 아내는 긴가민가한 듯이 고개를 갸웃거리며 다가와서는 가방에서 책 한 권을 꺼내 들었다.

'바다가 있었다'였다.

"하재건 작가님 맞으시죠? 저희 부부가 작가님 애독잡니다."

"아아, 네. 고맙습니다. 어떻게 바로 알아보시네요."

"제가 워낙 눈썰미가 좋습니다. 거봐, 당신. 내가 아까부터 맞다고 했잖아."

"절 아까도 보셨어요?"

"작가님 박물관 들어가실 때 저희가 바로 뒤에서 들어갔었습니다. 아주 집중하셔서 관람하시던데요?"

"하하하, 네. 제가 원래 뭘 보면 다른 데 신경을 못 써서요. 아, 책 이리 주세요."

"여자 친구분과 여행 오셨나 봅니다?"

남자가 물었다.

재건이 대답하려는 찰나 수희가 다가와 말을 받았다.

"신작 구상 때문에 자료 조사하러 왔어요. 저는 여자 친구가 아니라 업무적으로 하 작가님 돕는 입장이고요."

"허허, 네."

남자가 웃으며 고개를 끄덕였다. 수희의 말을 믿지는 않지만 그러려니 하고 넘어가 준다는 표정이었다.

"정말 반가웠습니다. 그럼 남은 자료 조사 잘 하시고, 신작 기대하겠습니다."

"네, 고맙습니다. 안녕히 가세요."

사인을 받은 40대 부부가 저편으로 멀어져 갔다. 그들과 반대쪽으로 몸을 돌리며 재건은 수희에게 말했다.

"나는 그냥 밝혀도 상관없는데."

"널 위해서가 아니라 날 위해서 숨기는 거야. 하재건 작가 애인이라고 인터넷에서 유명해져 봐. 신상 털리고 피곤해지면 어떡할래?"

재건은 대답 대신 피식 웃었다.

수희의 말은 사실은 변명에 지나지 않았다.

사귀고 있는 사이를 숨기는 이유는 따로 있었다. 혹시라도 재건의 앞길을 막을 일이 생기지 않도록 하기 위해서였다.

"점심을 늦게 먹었더니 아직 배는 안 고프네. 우리 이제 뭐 할까?"

주차된 차의 조수석에 오르며 수희가 물었다.

재건은 잠시 생각한 끝에 넌지시 말했다.

"실은 가 보고 싶은 곳이 있는데."

"그럼 가면 되지. 어딘데? 우리가 안 본 곳이 있나?"

"유적지는 아니고, 그냥 경주의 한 동네야."

대답과 동시에 재건은 내비게이션으로 경주시 건천읍사무소를 입력했다. 꿈에서 봤던 풍경을 이제부터 좇아가 볼 생각이었다.

"오래전에 가 본 적이 있는 것 같은데 기억이 애매해서. 직접 두 눈으로 확인해 보고 싶어. 가 봐도 될까? 얼마 안 멀어."

"하여간 엉뚱해. 난 괜찮으니까 가자."

재건은 차를 달려 시내 바깥의 건천읍에 도착했다.

읍사무소 근처에 차를 두고 내렸을 땐 하늘 저편에서 노을이 지고 있었다.

작고 조용한 마을이었다.

'꿈에서 봤을 땐 여길 보고, 이 뒤쪽으로 읍사무소를 등지고 있었는데.'

재건은 꿈에서의 기억을 곱씹으며 주변을 찬찬히 살폈다.

현장에 찾아오니 더더욱 의문이 증폭되기 시작했다.

그 꿈은 내 기억이었을까, 아니면 대선배님이 보았던 풍경일까.

겨자 목욕탕이라는 곳은 정말로 이곳에 있을까.

"찾는 거라도 있는 거야?"

나란히 다가와 선 수희가 재건을 올려다보며 물었다.

"겨자 목욕탕."

"어?"

"사실 꿈에서 본 동네야."

재건이 수희에게로 시선을 돌리며 말을 이었다.

"지금 우리가 선 이 근처 어딘가에 겨자 목욕탕이라는 게 있었어. 꿈에서 봤을 때 분명히 이 근처 어디였어."

"꿈에서 봤다고? 아까는 네가 오래전에 와 본 적 있는 동네 같다고 했잖아."

"그게 지금 나조차도 의문이야. 내가 이 마을에 온 적이 있었던가?"

재건은 스스로에게 묻듯이 중얼거리며 주변을 돌아보았다.

한적한 길가에는 나이 지긋한 노인들이 이따금 오가고 있었다. 골목 한구석에서는 아이들이 땅따먹기 놀이를 하고 있었다.

'으음……?'

문득 놀고 있는 아이들의 뒤쪽으로 시선이 꽂혔다.

몹시 허름한 단층 건물이 보였다. 지은 지가 수십 년은 족히 된 듯한 그 건물은 신식 조립식 건물들 사이에 파묻혀 있었다.

"재건아, 어디 가?"

"잠깐만."

재건은 이끌리듯 허름한 건물 쪽으로 향했다.

태반이 가려진 건물은 전체적인 윤곽이 보이지 않았다.

가까이 다가서니 다른 건물과의 사이로 폭이 좁은 길이 나 있었다. 입구를 찾으려면 이 길을 통과해야 할 듯했다.

바로 그때였다.

"어? 저 형 겨자 목욕탕 들어가려고 한다."

놀던 아이들 중 하나가 재건을 보고 소리치듯 말했다.

재건은 소스라치게 놀란 얼굴이 되어 아이를 즉각 돌아보았다.

"겨자 목욕탕이라고?"

"네, 이거 우리 비밀 기진데."

"……!"

재건이 침을 한 번 삼키고 온몸을 떨었다. 꿈에서 본 겨자 목욕탕이 현실에 있었다. 진지해진 그를 보고 수희가 걱정스런 기색으로 다가왔다.

"괜찮아? 표정이 안 좋아."

재건은 고개를 끄덕여 보이고는 아이에게 재차 물었다.

"형도 한번 들어가 보고 싶은데 괜찮아?"

"괜찮아. 그쪽으로 돌아가면 문 나와."

"고마워."

재건은 수희를 데리고 좁은 길을 통과하며 건물 외곽을 반 바퀴 돌았다.

이윽고 공터가 나오면서 주위가 탁 트였다. 허름한 건물의 입구 위로 약간 기울어진 낡은 간판이 달려 있었다.

간판을 본 재건은 그 자리에 굳듯이 섰다.

"이래서 겨자 목욕탕이라고 했던 거였어……?"

간판을 올려다보며 중얼거리던 수희가 재건에게로 시선을

옮겼다.

"그런가 봐."

여전히 간판을 뚫어져라 응시하고 있는 재건의 대답이었다.

그것은 '경자 목욕탕'이었다. '경'에서 'ㅇ' 받침이 떨어져 '겨자 목욕탕'이라고 불리는 모양이었다.

이미 오래전에 떨어졌는지 세월의 먼지가 새까맣게 뒤덮여 있었다.

"폐업한 지 오래됐나 보다."

출입문 너머로 손님을 받는 카운터가 보였다. 그 좌우로 각각 남탕과 여탕 입구가 자리하고 있었다. 색 바랜 유리 너머로 늘어진 거미줄이 으스스한 느낌이었다.

"재건아, 기분 나빠. 돌아가자."

"나 여기 들어가 보고 싶은데."

"뭐라고?"

재건은 놀란 수희를 심각하게 돌아보며 덧붙였다.

"여기까지 왔는데 한번 들어가 보고 싶다."

"굳이 들어가 볼 필요가 있어? 날도 어두워지는데."

"랜턴이라면 준비했어."

재건이 가방에서 랜턴을 꺼내더니 제 턱에 대고 불을 밝혀 보였다.

수희는 어처구니가 없어서 할 말을 잃었다.

"차에 가서 잠깐만 기다리고 있을래? 끽해야 5분이면 돌아보고 나올 테니까."

"싫어. 그럼, 같이 들어가. 대신 금방 나오는 거다?"

재건이 출입문을 밀어젖혔다. 그는 잠시 고민한 끝에 남탕을 택하고 수희의 손을 잡았다.

두 사람은 계단을 밟아 어둠에 휩싸인 지하로 내려갔다.

"랜턴 없었으면 큰일 날 뻔했네."

탈의실을 지나치며 재건이 중얼거렸다.

구식 사물함이 병풍처럼 주변을 둘러싸고 있었다.

재건의 팔을 꼭 잡은 수희의 두 손에 땀이 촉촉이 배어났다.

"이쪽으로 들어가면 탕이군."

"재건아, 정말 더 봐야 돼? 이쯤 봤으면 되지 않았어?"

재건은 대답 대신 이끌리듯 걸음을 내딛고만 있었다. 수희의 말을 무시한 게 아니라 못 들었다. 파고들수록 낯익은 내부 풍경에 정신을 빼앗기고 있었다.

"벽을 허물었네."

대형 탕을 앞두고 선 재건이 오른쪽 벽면을 랜턴으로 비추며 중얼거렸다. 반쯤 허물어진 높다란 벽 너머로 보이는 풍경은 여탕이었다.

"다른 용도로 쓰려는 거 아냐?"

여전히 재건을 꼭 붙잡고 선 수희가 말했다.

"근처에 최신식 찜질방도 있었고. 여긴 건물도 엄청 낡고 안쪽으로 갇혀 있잖아. 벽 허물어서 창고 용도로 쓰려는 거 아닐까?"

"그럴 수도 있겠다."

재건은 동조하며 랜턴으로 사방을 두루두루 비췄다.

그러던 중, 샤워 시설 옆쪽 벽면에 그려진 웬 낙서를 발견할 수 있었다.

김정환, 김정석 형제 놀러 옴.

이혜정도 놀러 옴.

저학년 아이가 쓴 것처럼 글씨가 삐뚤삐뚤했다.

재건은 가만히 두 줄의 문장을 되뇌었다.

두 형제와 한 여자아이가 이 폐허의 목욕탕 안에서 놀고 있는 풍경이 눈앞에 그려지는 듯했다.

"이제 나가자, 재건아."

"그래, 나갈 땐 여탕 쪽으로 해서 나가보자."

재건은 조금 더 둘러보고 싶었지만 수희를 배려해서 몸을 일으켰다.

두 사람은 허물어진 벽을 통과해 여탕으로 진입했다.

여탕의 풍경은 남탕과 비교해서 별다를 것이 없었다. 다만 사우나 시설 측면으로 남탕에는 없던 문 하나가 자리하고 있었다.

그리로 시선을 던지며 재건이 우뚝 섰다.

"왜 그래?"

"아니, 저 문 말인데……."

재건이 뚝 소리가 나도록 목을 비틀며 중얼거렸다. 두 눈은 여전히 어둠 너머의 문을 지그시 바라보고 있었다.

무표정한 채로 굳은 그의 얼굴을 보자 수희는 등골에 오한이 일었다.

"왜 그래, 재건아. 무섭게."

"저거 화장실일 거야."

"……어? 그걸 어떻게 알아?"

"들어가면 정면으로 화장실이 있어. 그리고 오른쪽으로 보일러실이 있을 거야."

재건은 자신이 말한 바를 확인하려 걸음을 성큼성큼 내디뎠다.

수희가 잰걸음으로 그 뒤를 따랐다.

이윽고 재건은 거침없이 문을 열었다.

"정말이네?"

열린 문 너머로 앞을 본 수희가 입을 반쯤 벌렸다.

부서진 미닫이문이 있고 그 너머 바닥엔 화변기가 놓여 있었다.

"어떻게 알았어? 여기 와 본 적 있지?"

"아니, 진짜 모르겠어. 어릴 때 가족 여행으로 왔나."

출처가 불분명한 기억이 재건을 답답하게 했다.

시선을 옆으로 돌리니 보일러실 출입문이 위치해 있었다.

문고리를 잡으려는 재건을 보고 수희가 물었다.

"왜? 열어보려고?"

겁먹은 수희의 목소리가 미약하게 떨리고 있었다.

재건은 문득 짓궂은 생각이 들었다. 그는 가늘게 뜬 음산한 두 눈으로 수희를 돌아보았다.

"왜, 왜 그래?"

"수희야, 너 이 안에…… 뭐가 있는지 알고 싶니?"

"그러지 마. 나 먼저 나갈 거야."

"하하, 미안해. 장난친 거야. 있긴 뭐가 있어."

재건이 한껏 웃으며 보일러실 출입문을 활짝 열었다.

바로 그 순간.

보일러 밑바닥에 쪼그려 앉아 있던 긴 머리 소녀가 고개를 들었다.

풀어 헤친 머리칼 사이에서 두 눈이 반짝 빛나고 있었다.

62장
호러물 좋아하십니까

"으아아─ 악!"

"꺄아아아아아악!"

기겁한 재건이 먼저 엉덩방아를 찧었다. 수희는 뒤로 물러서다가 벽면에 등을 세차게 부딪히고 섰다.

"누, 누, 누, 누, 누, 누구세요?"

공포로 잘게 끊어지는 수희의 목소리는 재건에게도 생소한 것이었다.

급기야 눈앞의 소녀가 작은 두 손에 얼굴을 파묻고는 울음을 터뜨렸다.

"흐아아아앙!"

"우, 울지 마. 혼자 여기서 뭐 하고 있었니? 응?"

"오빠들이 나랑 같이 안 놀아주잖아!"

비로소 정신을 차리고 보니 이제 초등학생이 됐을까 말까 싶은 어린 소녀였다.

수희는 아주 길게 안도의 한숨을 내쉬고는 소녀에게 다가가 등을 다독여 주었다.

"나쁜 오빠들이네. 그치? 언니가 혼내줄게. 언니랑 나가자."

재건과 수희는 양쪽에서 소녀의 손을 잡고 함께 바깥으로 나왔다.

왔던 골목을 거슬러 처음의 자리로 돌아오니 아이들은 여전히 땅따먹기를 하며 놀고 있었다.

"야, 니 동생."

놀던 아이 중 하나가 한 소년에게 말했다.

그 말을 들은 소년이 고개를 들었다. 수희와 손을 잡고 선 소녀를 보자마자 그는 돌멩이를 내던지고 다가왔다.

"너 또 어디 가 있었어? 나 보이는 데 있으라고 했지?"

"오빠들이 안 놀아주잖아! 안 끼워주잖아!"

"너 땅따먹기 못하니까 안 끼워주지! 멍청아!"

"으아아아아앙! 엄마한테 이를 거야!"

재건과 수희는 아이스크림을 한 봉지 사다가 아이들을 달래주고 그 자리를 떴다.

차로 돌아가는 길에 부동산이 보여서 재건은 잠깐 들렀다.

"경자 목욕탕? 그거 유통하는 김 씨가 사들인지 꽤 됐는데. 창고로 쓰려고."

재건이 건네준 드링크 뚜껑을 따며 나이 지긋한 업자가 설명해 주었다.

"건물이 낡아서 원래 주인이 거의 땅값만 받고 넘겼지. 목욕탕 영업 안 한 지도 오래됐어. 이런 건 왜 물으시나?"

"별거 아닙니다. 제가 어릴 때 와 본 적이 있는 것 같은데 기억이 도통 안 나서요. 감사합니다."

부동산에서 나온 두 사람은 차에 올랐다. 조수석의 수희에게 안전벨트를 매어주며 재건이 사과했다.

"미안해, 놀랐지?"

"네 잘못 아니잖아. 그리고 그냥 웃겼어."

수희가 창밖으로 고개를 돌리며 쿡쿡 웃었다.

"하재건 놀라서 엉덩방아 찧은 것 좀 봐."

"나 진짜 심장 멎는 줄 알았다. 거기 여자애가 있을 줄 누가 알았겠어."

"괜히 나 겁주려다 쌤통이네요. 벌 받은 거야."

두 사람은 두부전골로 맛있게 저녁을 먹고 호텔에 돌아왔다.

온종일 돌아다니느라 수희는 상당히 지쳐 있었다.

그녀가 먼저 샤워하러 들어간 사이에 재건은 만년필을 꺼내 들었다.

'이거 뭔가 될 것 같아.'

아직 또렷한 형태를 갖추지 못한 이야깃거리가 뇌리 곳곳을 두둥실 떠다니고 있었다.

재건은 목욕탕에서 보고 느낀 점, 그리고 있었던 일들을 꼼꼼하게 메모장에 적어 나갔다.

평범하지만은 않았던 오늘의 감상을 잊어버리지 않기 위해서.

"재건아, 바쁘니?"

등 뒤에서 수희의 목소리가 들려왔다.

재건은 돌아보지도 않고 메모를 계속하면서 대꾸했다.

"아니, 안 바빠. 왜?"

"그럼 물 식기 전에 씻어. 몸 담그라고 욕조에 물 받아 놨어."

재건이 뒤로 고개를 돌렸다. 하얀 가운을 입고 선 수희가 타월로 젖은 머리를 털고 있었다. 물기를 촉촉하게 머금은 하얀 살결을 마주한 것만으로도 재건은 정신이 아찔해졌다.

"넌 벌써 다 씻었어?"

"응, 왜?"

"아무것도 아니야."

재건은 아쉬운 기색으로 홀로 욕실에 들어갔다. 아직은 같이 씻으러 들어가자고 말하기가 부끄러웠다.

셔츠를 벗는 그의 뒤에서 수줍은 목소리가 울렸다.

"그, 혹시…… 등 밀어줄 수 있으니까 필요하면 불러."

수희의 그 말을 듣자마자 재건은 온갖 상념을 말끔히 지워버렸다. 소설에 대한 건 이 즐거운 여행이 끝난 뒤에 생각하기로 했다.

BIG LIFE

"오늘 저녁 10시까지? 으음, 니가 쏜다고? 가게 문 좀 일찍 닫고 갈까? 마침 손님도 없는데."

카페 주인은 핸드폰을 귀에 댄 채 텅 빈 내부를 돌아보며 고민에 빠졌다.

경기가 불황인 탓에 손님도 부쩍 줄었다.

자포자기의 심정일까.

술이나 마시자는 친구의 유혹에 이끌려 일찍 문을 닫는 쪽으로 생각이 기울고 있었다.

바로 그때.

카페 문이 열리며 한 손님이 들어왔다. 그의 얼굴을 알아보자마자 주인은 정색해서 핸드폰에 대고 말했다.

"야, 미안한데 10시까지 못 가. 11시 20분까지 갈게. 아, 손님 오셨다고. 이 손님 나 셔터 내리는 것도 도와준 양반이야. 뭔 소린지 못 알아듣겠냐? 아, 끊으라고."

전화를 끊은 주인 앞으로 손님이 다가와 섰다.

주인은 얼굴에 담뿍 미소를 머금고 손님을 맞이했다.

"어서 오세요. 주문 도와드릴까요?"

"안녕하세요. 아이스 아메리카노 레귤러 주세요. 더블치즈 케이크도 하나 주시고요."

주문을 마친 손님은 카페 내측으로 자리를 잡았다.

이것도 주인은 이미 알고 있었다.

이 손님은 단 한 번도 다른 자리에 앉은 적이 없었다.

'근데 어딘가 다른 데서 본 얼굴 같은데. 자주 와서 눈에 익어서 그런가?'

주인은 고개를 갸웃거리며 음료와 케이크를 준비했다. 이곳 카페의 손님으로서가 아니라 다른 곳에서 분명히 얼굴을 본 듯한 느낌이 자꾸만 들었다.

이제 막 자리에 앉은 손님은 가방에서 필기구를 꺼내 들고 있었다.

그의 정체는 다름 아닌 재건이었다.

'후우, 카페의 뮤즈님. 오늘도 잘 부탁드립니다.'

'더 브레스'와 '오스카의 던전'에 이어 신작을 위해 이 카페를 찾았다. 이제야 얼개를 잡는 단계라 다른 작가들이 함께 있는 사무실보다는 혼자 집중하는 편이 좋았다.

'일단 주인공은 연년생 형제 중 동생, 형은 6학년이고 동생은 5학년, 그리고 여자애는 4학년이고 이름은 경자.'

재건은 서건우의 만년필을 잡고 메모장에 등장인물들부터 하나하나 정리해 나갔다.

주요 인물인 두 형제와 소녀는 경자 목욕탕에서 봤던 낙서를 참고했다.

'두 형제는 아버지 없이 엄마와 셋이서 가난하게 살고 있다. 그러던 중 통조림 공장에서 일하는 엄마를 따라 다른 동네로 이사를 오게 되고. 동생은 그럭저럭 새 학교와 친구들에 적응하지만 숫기가 부족한 형은 힘들어하고. 그러던 중 집에 돌아오는 길에 겨자 목욕탕을 발견하게 되고……!'

집중을 시작한 재건의 메모는 거침이 없었다.

벨소리를 듣지 못한 그를 위해 주인이 직접 음료와 케이크를 가져다 옆 테이블에 놓아주었지만 그것조차 알아차리지 못했다.

'소녀는 부서진 간판 때문에 겨자라는 별명으로 놀림을 받고 있고. 그래서 자기 아버지가 식료품 창고로 쓰는 목욕탕에서 혼자서 노는 것이 일상이었고. 우연히 목욕탕에 찾아든 두 형제는 겨자라 불리는 이 소녀와 친해지게 되고……!'

30분이 지나고 1시간이 지났다.

문득 갈증을 느낀 재건은 얼음이 다 녹아버린 커피를 벌컥 벌컥 마시고는 즉시 또 펜을 손에 잡았다.

'그림을 잘 그리는 형은 어느 날 소녀의 얼굴을 그려주고. 이에 소녀는 색칠까지 해달라고 하지만 물감이 없는 형은 거절하고. 이에 소녀는 세상에 물감도 없냐며 형을 놀리고. 평소 가난에 열등감을 품고 있던 형은 울컥해서 화를 내며 돌아가고. 소녀가 우는 동안 동생은 그녀가 아끼는 초콜릿을 몰래 훔치고……!'

드르륵!

핸드폰이 울리며 재건이 몸을 흠칫 떨었다.

감독 태성으로부터 걸려온 전화였다.

"네, 감독님."

─별일 없으시죠, 작가님? 안부 여쭤보려고 전화 드렸어요.

"저는 별일 없습니다. 감독님은 어떠세요? 단편영화 촬영은 잘되어 가세요?"

─이제 거의 다 끝나고 편집만 남았죠. 모양새 좋습니다. 시사회 와주실 거죠?

"그럼요. 윤태성 감독님 작품인데요."

─하하, 영광입니다. 도준 씨는 중국에서 주가가 엄청나게

오르고 있는 모양인데요. 혹시 뉴스 보셨어요? 이번에 또 CF 찍는다더라고요.

"아, 그래요? 잘됐네요. 가끔 전화는 하는데 일에 관한 얘기는 도준이가 도통 안 해서요."

—같이 작업하면서 느낀 거지만 의외로 수줍음을 잘 타는 친구인 것 같습니다. 아, 하 작가님. 혹시 신작은 뭐 소식 없습니까? 솔직히 이게 제일 궁금한데.

"아아, 신작이요……."

재건이 지금껏 메모한 내용을 내려다보며 말을 받았다.

어떤 장르인지 결정하지 않은 채로 시작된 구상이다.

태성의 질문 앞에서 다시금 되짚어 보니 얼마간 장르가 정리되는 느낌이었다.

"아마 호러 미스터리가 되지 않을까 싶은데요."

재건의 말이 떨어지기 무섭게 전파 저편에서 태성이 반색하고 되물었다.

—호러요? 초고 완성되면 꼭 좀 보여주셨으면 좋겠네요.

"감독님 호러물 좋아하세요?"

—좋아하다마다요. 제 취향도 그렇고 영화로 만들기에도 직격이죠. 하 작가님, 원래 이 바닥서 호러 장르는 초고 나오면 판권 계약부터 바로 들어가요. 그만큼 확실해요.

"아아, 네. 그렇습니까? 건 그렇고 저는 바다가 있었다 촬영하면서 감독님 감성을 어느 정도 파악했다 싶었는데. 호러를 좋아하실 줄은 몰랐네요."

카페 주인은 커피메이커 뒷면에 몸을 숨긴 채 재건의 통화 내용을 듣고 있었다. 그는 혼자서 입을 떡하니 벌리며 손가락을 튕기는 중이었다. '바다가 있었다'라는 말 덕분에 손님의 정체가 명확해졌다.

"네, 아무튼 알겠습니다. 초고 나오면 바로 감상 부탁드리겠습니다. 네, 쉬세요."

전화를 끊은 재건이 만년필을 다시 손에 잡았다.

그때, 카페 주인이 쭈뼛거리며 다가와 그의 옆에 섰다.

"저기, 손님. 아니, 선생님."

"네?"

재건이 고개를 들었다. 카페 주인은 맞잡은 두 손을 꼼지락거리며 어색한 웃음을 빼물고 있었다.

"항상 책 잘 읽고 있습니다. 제가 괜히 서점가에 카페를 만든 게 아니거든요."

"아아, 네. 고맙습니다."

"정말 죄송하지만 그…… 크게 사인 좀 해주실 수 있을까요? 카페 벽에 걸어두고 싶어서요."

"제가 사인하는 실력이 아직 미숙한데 그래도 괜찮으시다면 해드릴 수 있습니다."

"아이구, 이거 정말 감사합니다. 금방 종이 가져오겠습니다."

사인은 즉시 액자에 끼워져 카페 벽면 한가운데에 걸렸다.

그리고 오늘도 재건은 문을 닫는 사장과 함께 카페를 나섰다.

90% 이상 구상을 끝낸 '겨자 목욕탕' 덕분에 얼굴엔 미소가 가득했다.

박석지의 개인 편집실.

"역시 내 눈은 틀리지 않았어."

태성이 화면의 영상을 바라보며 중얼거렸다.

그의 신작 단편영화 '소녀 전쟁'이었다.

한 중소기업 사무실에서 일하게 된 두 여성 신입 사원의 충돌 및 화해를 유쾌하게 그려낸 작품이다.

"과연 홍예슬 씨. 대사 하나 없이도 화면을 압도하는군. 어쩌면 나는 미래에 예슬 씨를 만나게 되리라는 걸 알고 이 시나리오를 썼을지도 모르겠군."

"적당히 해주세요, 감독님. 바로 옆에서 듣는 사람 민망해 죽겠어요."

옆 의자에 양반다리로 앉아 있던 예슬이 말했다. 입가에는 수줍음과 뿌듯함이 뒤섞인 미소가 가득 어려 있었다.

"정말 고맙습니다, 감독님. 저 같은 걸 주연으로 써주셔서요."

이미 여러 번 했던 감사의 말을 예슬은 또 했다.

비록 단편영화라고 해도 주인공이다. 연기 경력이 일천한 자신을 믿고 주인공 배역을 안겨준 태성이 그녀에게는 은인과도 같았다.

"그런 식으로 말하지 마요."

"네?"

태성이 화면에 시선을 고정시킨 채 말을 이었다.

"저 같은 거라니. 홍예슬 씨 쓸 만하니까 쓴 겁니다. 항상 자부심을 가지라고요."

"죄송해요. 조심할게요."

"지적받았다고 그렇게 바로바로 사과도 말아요."

"죄송…… 아, 네."

태성이 화면을 정지시키고 뻐근한 목을 이리저리 돌렸다. 이제 볼 만큼 봤다는 생각이었다.

배불리 저녁을 먹고 사우나에 가서 한숨 잘 생각으로 그는 일어섰다.

"홍예슬 씨, 몸 사리고 대기하고 있어요."

재킷을 몸에 걸치며 태성이 말을 꺼냈다.

"조만간 작품 하나 들어가게 될지도 모르니까."

"네, 감독님. 언제든지 불러주세요."

"요즘도 식당에서 알바해요?"

"편의점으로 옮기려고요. 시간대가 안 맞아서요."

태성이 묵묵히 고개를 끄덕였다.

머리로는 지나온 청춘의 나날들을 떠올리고 있었다. 영화 업계에 투신한 이후로 줄곧 춥고 배고팠었다. 돈이라는 것과 친해지기까지는 실로 오랜 세월이 걸렸다.

"앞으로도 이래저래 잘해봅시다."

태성은 그렇게밖에 말할 수가 없었다.

고생 끝에 낙이 온다느니 하는 건 무책임한 소리다. 적어 도 그의 기준에서는 거짓말에 지나지 않았다.

아무리 노력해도 안 되는 인간은 안 되는 게 이 바닥이다.

땅을 치며 후회하고, 피눈물을 흘리며 떠나간 사람을 너무 도 많이 봐왔다.

"힘든 일 있으면 전화하고요."

"신경 써주셔서 고맙습니다."

태성이 문을 열다 말고 뒤늦게 생각난 얼굴로 돌아보았다.

"김나연 씨는 요즘 어때요?"

"건강해요. 고향 내려가서 잘 쉬고 있어요."

"생활에는 무리 없고?"

"그 언니 보기보다 알부자예요. 저축 많아요."

"다행입니다. 그럼 먼저 갑니다."

"네, 감독님. 들어가세요."

태성이 나가고 10분쯤 지나 예슬의 핸드폰이 울렸다.

이미 저장된 번호의 주인은 '편의점 사장님'이었다.

기다리던 전화였기에 그녀는 반색을 하고 즉시 받았다.

"여보세요?"

ㅡ홍예슬 씨죠? 여기 편의점인데요. 다음 주부터 바로 근무 가능하시다고 하셨죠?

"네네, 그럼요."

ㅡ알겠어요. 그럼 오늘 잠깐 오실 수 있을까요?

"30분 내로 갈게요."

전화를 끊은 예슬은 허공을 향해 주먹을 불끈 쥐어 보였다.

재킷과 가방을 챙겨 돌아서는 순간, 문이 열리며 한 청년이 안으로 들어섰다.

"예슬 씨, 여기 있었네요."

"아, 기우 씨. 안녕요."

예슬의 웃음엔 다소 곤혹스러움이 섞여 있었다.

청년은 김기우라는 이름의 신인 배우였다.

'소녀 전쟁'에서 두 소녀의 애정 공세를 받는 박 대리 역할을 맡았다.

"어디 가시려고요?"

"편의점 알바요. 근무는 다음 주부턴데 오늘 챙길 게 있어서 잠깐 가야 돼요."

"아, 그래요? 다행이다. 그럼 저랑 같이 저녁 먹어요."

"죄송한데 그건 좀. 집안에 일이 있어서요."

예슬은 일부러 기우를 피해오고 있었다.

처음엔 나이가 같은 데다 초짜라는 사정도 비슷해서 친밀감을 느꼈던 것이 사실이다. 하지만 어느 순간부터 깨달았다. 자신을 바라보는 기우의 눈빛이 예사롭지 않다는 것을.

"예슬 씨 일부러 저 피하시는 거죠?"

"그럴 리가요. 제가 정말 요즘 좀 바빠서 그래요. 담에 먹어요. 안 그래도 인물 조감독님도 조만간 저녁 먹자고 하시던데 그때 같이요. 오늘은 먼저 가 볼게요."

인사를 마친 예슬이 기우의 옆을 지나쳐 갔다.

그녀가 문고리를 잡기 직전 기우가 다급히 말을 이었다.

"저 예슬 씨 좋아하는데요."

예슬이 숨을 멈추고 우뚝 섰다. 숫기 부족한 기우가 이토록 빨리 고백해 올 줄은 몰랐다.

"오래 생각했고요. 그냥 장난으로 말하는 거 아니거든요."

"장난이라고 생각 안 해요."

"저랑 사귀어주시면 안 될까요?"

"죄송해요."

"안 된다는 거예요?"

"네."

"제가 마음에 안 드세요? 이유가 뭔데요?"

껑충한 키로 등 뒤에선 기우가 거듭 캐물었다.

예슬은 호흡을 가다듬은 다음 그를 돌아보았다. 애써 만들어낸 단호한 표정으로 그녀는 또박또박 대답했다.

"이미 좋아하는 사람이 있어서요."

"……!"

기우의 얼굴에 즉시 그늘이 졌다. 서서히 고개마저 떨어뜨리는 그를 보고 있으려니 예슬은 마음이 아팠다. 순진무구하고 착한 남자라는 걸 알기 때문이다. 하지만 그렇기에 더더욱 미련을 남기지 않도록 대처해야만 했다.

"그래서 그래요. 죄송해요."

"그 사람도…… 예슬 씨 좋아해요?"

"몰라요."

"말도 안 해보신 거예요?"

"더 얘기하고 싶지 않아요. 이만 갈게요."

"예슬 씨……!"

예슬은 기우를 놔두고 편집실을 나섰다.

휘황찬란한 조명이 반짝이는 밤거리로 섞여들면서 그녀는 문득 지나간 어느 날을 생각했다.

'그날 먹은 찜닭 맛있었는데.'

다리를 올려놓자 수줍어하던 그 사람의 얼굴이 떠올랐다.

예슬은 히죽 웃으며 걸음을 서둘렀다. 목적지에 도달하기까지는 아직도 한참을 더 열심히 걸어가야만 하니까.

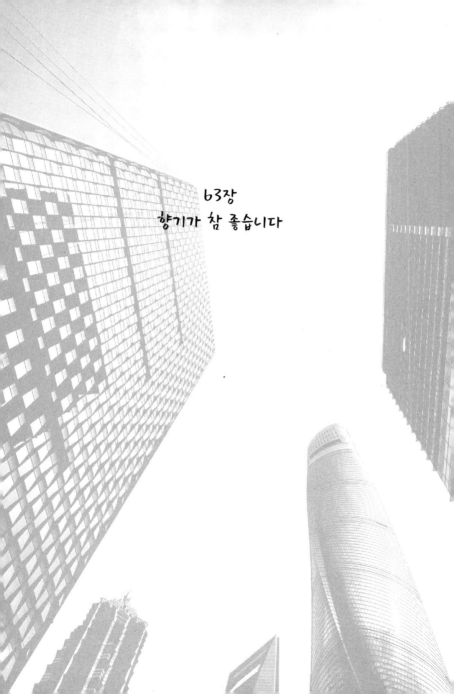

63장
향기가 참 좋습니다

"마셔요, 소미 씨. 오늘 전부 제가 쏘는 거니까."

"염치 불고하고 꾸역꾸역 먹을 거예요. 술 한잔 받으세요, 작가님."

"아이쿠, 감사감사."

부천 작가 사무실 인근의 횟집이었다.

은영과 소미 둘만의 술자리였다.

신작 표지를 멋지게 그려준 소미를 위한 은영의 작은 보답이었다.

"여기 회가 좋네요."

"소미 씨는 딱 보면 그게 보여요? 난 먹어도 회가 좋은지 나쁜지 전혀 모르겠는데."

"저 동해 사람이잖아요. 횟감 상태 정도는 볼 줄 알아야죠."

두 여자가 건배하고 소주를 쭉 들이마셨다.

빈 잔을 내려놓으며 은영이 지나가듯 물었다.

"혹시 하 작가님하고 무슨 일 있었어요?"

"네? 아니요……. 별일 없는데 왜요?"

"그런가? 내가 보기엔 두 사람이 조금 소원해진 것 같아서요. 딱 짚어내진 못하겠는데 웃는 일도 잘 없고. 그냥 일만한다는 느낌적인 느낌?"

"아무 일도 없어요."

소미가 미간을 좁히고 웃으며 대답했다. 속으로는 은영의예리한 눈썰미에 뜨끔해하면서.

'티가 나는 건가……?'

재건과의 그 일 이후로 한동안 몹시 힘겨웠던 것은 맞다. 지금도 그 상처가 완전히 아물지는 않았다. 그래도 견딜 만은 했다. 감정을 억누르고 태연하게 일을 할 수 있는 정도는됐다고 자부하고 있었다.

"오스카의 던전 웹툰은 잘되고 있어요?"

"네, 다행히요. 넥션 쪽에서 딱히 컴플레인도 없고요."

"제가 봐도 재밌어요. 잘될 거예요. 벌써 반응도 폭발적이잖아요. 네이빈 통해서 서비스했으면 더 좋았을 텐데."

'오스카의 던전' 웹툰은 현재 한국과 중국 양 국가의 인터넷에서 인기리에 연재되고 있었다. 애초에 게임 출시 이전에 마케팅을 목적으로 만들어진 웹툰이다. 풍천유의 소설을 좋아하는 독자들의 유입이 흥행에 지대한 공을 끼치고 있었다.

"소미 씨도 이제 점점 부자 되겠네. 부러워."

은영의 말에 소미는 싱긋 웃었다.

부자의 기준은 저마다 다르겠지만 저축이 점점 더 늘어나고 있는 건 사실이었다. 태원과 재건을 따라 래프북스로 오면서 운이 텄다. 조만간 지금 사는 곳보다 더 큰 원룸을 전세로 구할 수 있을 만큼의 돈이 모인다.

"제가 할 수 있는 게 몇 안 되니까 열심히 해야죠."

"맞아, 한 살이라도 어릴 때 바짝 모아야지. 소미 씨의 젊음이 부러워. 아아악, 손바닥에 느껴지는 이 주름!"

은영이 양 뺨을 손바닥으로 감싸 쥐고 비명 아닌 비명을 질렀다.

소미는 쿡쿡 웃으며 그녀의 잔에 술을 따라 주었다.

"강민호 작가님하고는 좀 어떠세요?"

은영이 자학을 멈추고 멋쩍게 웃었다.

소미에게는 민호와 사귀고 있다는 걸 예전에 알렸다. 사무실의 분위기를 고려해서 다른 사람들에게는 아직 밝히지 않은 상태다.

"저는 두 분 관계를 알아서 그런가? 사무실에서 가만히 두 분 보면 참 케미가 좋으세요. 침착하고 차분하신 강 작가님이랑 활기찬 장 작가님이랑 조합이 딱 맞아떨어지는 그런 느낌이에요."

은영이 양어깨를 들썩이며 피식 하고 웃음을 터뜨렸다.

"민호 형이 침착하고 차분하기는. 완전 짐승인데."

"……네?"

"생긴 거랑 완전 다르다니까요. 밤에는 완전히 사람이 변해."

은영이 주변 눈치를 살피더니 가까이 오라는 손짓을 해 보였다. 소미가 얼굴을 들이밀자 은영은 그녀의 귓가에 나직이 속삭였다. 소미의 얼굴이 삽시간에 달아올랐다.

"지, 진짜 그런 것까지 하신다고요?"

"어머, 소미 씨 또 너무 놀란다. 얼굴 빨개진 거 봐. 호호."

소미가 차가운 소주를 단숨에 목젖으로 넘겼다. 놀라서 팔딱팔딱 뛰는 가슴은 도무지 진정될 기미가 없었다.

"소미 씨도 연애하고 살아요. 그 예쁜 얼굴 혼자만 거울로 보면서 살려고? 좋아하는 사람과 함께 있다는 것만으로 세상이 얼마나 달라지는지 몰라요."

"네…… 그런 것 같아요."

소미는 은영에게도 들리지 않을 만큼 작은 목소리로 중얼

거렸다. 좋아하는 사람과 함께 있다는 것이 어떤 느낌인지는
이미 잘 알고 있었다.

드르륵!

소미가 가방에서 핸드폰을 꺼내 들었다. 수희로부터 전화
가 걸려온 참이었다.

"여보세요?"

─안녕하세요, 정소미 대리님. 저 이수희 팀장이에요.

"네, 안녕하세요."

─보내주신 러프 검토 마쳤어요. 다음 화부터도 쭉 이대로
진행해 주시면 될 것 같아요. 중국 쪽 반응도 좋아요. 계속
잘 부탁드릴게요.

"저도 잘 부탁드려요."

─네, 그럼 좋은 저녁 되세요.

할 말을 빠르게 마친 수희가 전화를 끊었다.

소미는 자기도 모르게 입술을 앙다물었다. 슬그머니 분한
마음이 드는 스스로가 한심스럽게 느껴졌다.

BIG LIFE

"정말 미안해, 재건아."

"당일 날까지 이러네. 미안하긴 뭐가 미안해. 작가 동생

됐다가 어디다 쓰려고?"

재건이 거울 앞에서 넥타이를 고치며 대꾸했다.

누나 재인이 운영하는 학원이었다.

학생이 너무 없어서 고민하던 그녀를 위해 재건이 자처해서 강연을 하기로 한 것이다.

주제는 독서와 논술이었다.

"우리 대작가님이 이런 초라한 학원에서……."

"아, 진짜. 그만하라니까? 나 넥타이나 고쳐 줘. 이거 왜 이렇게 자꾸 한쪽으로 기울지?"

재인이 일어나 넥타이를 고쳐 주었다.

금세 깔끔하게 정리된 넥타이에서 손을 떼며 그녀는 살며시 웃었다.

"정장도 자꾸 입어 버릇해야지. 앞으로 입을 일이 점점 더 많을 텐데. 아니면 넥타이 매줄 여자를 만나든가."

"또 기승전여자야. 내가 이럴 줄 알았어. 나 시작하기 전에 강연할 거 검토 좀 해야겠다."

드르륵!

준비한 자료로 손을 뻗으려는 찰나에 수희로부터 전화가 걸려왔다. 재건은 재인의 시선이 닿지 않는 옆방으로 피해 전화를 받았다.

"어, 수희야."

-오늘 바쁘니? 기획 이사님께서 웹툰 잘돼서 감사하다고 꼭 뵀으면 하시는데. 드릴 말씀도 있다고 하시고. 점심 괜찮아?

　"아, 미안해. 내가 말하는 걸 깜박했는데 오늘 누나 학원 홍보 때문에 강연해 주러 왔어."

　-그렇구나. 그럼 혹시 저녁도 힘들까? 이사님께서 저녁이라도 상관없다고 하시는데.

　"확답을 줄 수가 없네. 내가 가족들하고 저녁에 일이 어떻게 될지 몰라서. 미안해."

　-그래? 그럼 어쩔 수 없…… 네? 아, 재건아. 잠깐만.

　일순 수희의 목소리가 사라졌다.

　곧이어 그 공백을 한 남자의 굵직한 목소리가 채웠다.

　-하재건 작가님, 저 남규홉니다.

　"아, 이사님. 안녕하세요."

　-제가 내일 급하게 중국으로 출장 가게 됐습니다. 오스카의 던전 마케팅 목적으로, 제가 직접이요.

　규호가 '직접'이라는 단어에 유독 힘을 주고 있었다.

　소리 없이 쓴웃음을 짓는 재건에게 그의 말이 이어졌다.

　-갑작스레 이래서 죄송하지만 말씀드렸다시피 저도 내일 오스카의 던전 때문에 급하게 현지 업체와 미팅이 잡혔습니다. 그래서 오늘 꼭 뵙고 싶군요. 가면 최소 두 주 이상은

머물러야 할 것 같으니.

"아아, 네. 하필 오늘 저도 일이 있어서, 이걸 진짜 어떡해야 할까요."

―수원이시죠? 제가 그리로 가면 시간을 내주실 수 있겠습니까?

"아니요, 그러실 것까지는 없습니다. 말씀하시는 걸 들으니 정말 중요한 일 같은데 제가 3시에 강연 끝나면 서울로⋯⋯."

―3시라고요? 알겠습니다. 3시 10분까지 이 팀장과 함께 작가님 쪽으로 가도록 하겠습니다. 그럼 이따 뵙겠습니다.

재건이 대답을 이을 틈도 없이 전화가 끊겼다.

시간이 지나 3시 10분이 되었고, 규호의 자동차는 어김없이 학원 앞에 도착했다.

"여깁니까?"

"네, 이사님. 이 건물 2층 재인학원입니다."

운전석의 김 기사가 대답했다.

뒷좌석에 등을 기대고 앉은 규호는 창 너머로 건물을 올려다보고는 고개를 갸웃했다.

"학원이 좀 많이 영세하네. 이거 차 떼고 포 떼고 남기긴 하는 장산가?"

"아무래도 동네 학생들 상대로 하는 학원이니까요."

"흠, 먼저 올라가 있을 테니 이 팀장 도착하면 올라오라고 전하세요."

"네, 이사님. 다녀오십시오."

차에서 내려선 규호는 넥타이를 느슨하게 고치며 건물로 들어섰다. 엘리베이터를 타려다가 고작 2층이란 생각에 그는 계단을 밟아 올라갔다.

'기어이 내가 여기까지 오게 만들다니.'

성큼성큼 계단을 오르며 규호는 혀를 짧게 찼다.

원래 해결해야 할 일이 눈앞에 닥치면 가만있질 못하는 성미다. 빨리 해치워야 또 다음 일을 바로 시작할 게 아닌가. 무엇보다 오늘의 용무는 꽤나 중요한 것이기도 했다.

'누나 이름이 재인인가?'

2층에 도착한 규호는 유리문을 통해 학원 내부를 슬쩍 들여다보았다. 뒤쪽 여자 화장실에서는 한 여자가 두 손 가득 커다란 화분을 들고 나오는 중이었다.

"죄송합니다. 잠시 지나가게 좀……."

"아아."

규호가 물이 뚝뚝 떨어지는 화분을 피해 옆으로 비켜섰다. 화분에 얼굴이 가려진 여자가 그를 지나쳐 학원으로 들어갔다. 그윽한 향취가 코끝을 스쳤다.

'무슨 꽃이지?'

규호가 여자의 뒷모습을 바라보며 숨을 들이마셨다.

어딘가 친숙하면서도 마음에 드는 향기였다. 폐부 깊숙이 스며든 잔향은 작은 여운을 남기고 서서히 사라져 갔다.

"어머, 혹시……!"

테이블에 화분을 내려놓은 여자가 중얼거리며 돌아보았다.

두 사람의 시선이 지척에서 교차했다. 처음 보는 여자의 얼굴이 어쩐지 낯설지가 않은 규호였다.

"혹시 남규호 이사님이세요?"

"아아……."

규호가 고개를 살짝 까닥여 보였다.

여자의 얼굴에 봄꽃처럼 싱그러운 웃음이 피었다.

"안녕하세요. 저 재건이 누나 되는 사람이에요. 인사가 늦어서 정말 죄송합니다."

정중히 허리를 숙여 인사하는 여자는 재인이었다.

규호는 비로소 왜 낯익은 얼굴이라고 느꼈는지 이유를 깨달았다. 재건과 쌍둥이처럼 꼭 닮은 건 아니지만 이목구비가 은근히 비슷한 데가 있었다.

"이쪽으로 앉으세요. 재건이 이제 막 옷 갈아입으러 들어갔는데 금방 나올 거예요."

"아, 네."

규호가 양 무릎에 손을 얹고 정자세로 소파에 앉았다. 문득 느슨하게 풀어놓은 넥타이가 신경 쓰였다. 절로 올라간 두 손이 본래대로 넥타이를 고치고 있었다.

"마실 것 좀 드릴까요? 커피하고 주스가 있는데……."

"커피로 부탁드리겠습니다."

"네, 잠시만 기다리세요."

재인이 커피를 준비하러 사라졌다.

홀로 남은 규호는 멀거니 테이블에 놓인 화분을 바라보았다. 문득 본능적으로 한 가지 사실을 확인하고 싶어졌다. 그는 화분 가까이로 코를 들이밀고 킁킁거렸다.

'여기서 나는 건 아니었군.'

규호가 상체를 원래대로 거둬들였다. 화분에서 난 향기가 아니라면 남은 출처는 하나다. 얼마 지나지 않아 재인이 커피를 쟁반에 받쳐 들고 돌아왔다.

"인스턴트커피라서 입에 맞으실지 모르겠어요."

"그런 거 상관없습니다."

테이블에 잔을 놓느라 재인이 자연스레 상체를 숙였다.

바로 그 순간, 조금 전 느꼈던 좋은 향기가 다시금 규호의 콧속으로 스며들었다.

"맛이 괜찮으세요?"

"향기가 참 좋습니다."

규호의 대답엔 커피를 빌미로 한 속내가 섞여 있었다. 인사치레로 받아들인 재인은 희미하게 웃었다. 인스턴트커피의 향이 특별하게 좋을 까닭이 없으니까.

"아, 이사님. 오셨습니까?"

편한 복장으로 갈아입은 재건이 나타났다.

규호가 엉거주춤 몸을 일으키며 그를 맞았다.

"안녕하세요. 이곳까지 찾아와서 죄송합니다."

"아닙니다. 제가 올라가려고 했는데. 식사는 하셨어요?"

"아직 안 먹었습니다."

규호가 뜸도 들이지 않고 대답했다. 돌려서 말하는 건 취향이 아닌 데다 실제로 점심을 걸러서 배도 고팠다. 하지만 식사는 일부터 해결한 다음이다. 그는 즉시 덧붙였다.

"우선 업무에 관한 얘기부터 나눴으면 좋겠는데요."

"중요한 일이시라면 안쪽 조용한 곳으로 자리를 옮길까요?"

규호가 곁에 선 재인을 곁눈으로 힐끗 보고는 고개를 내저었다.

"여기서도 상관없습니다. 이 팀장이 조금 늦는 것 같은데 바로 본론으로 들어가겠습니다. 하 작가님이 쓰신 겨자 목욕탕 플롯 잘 읽었습니다."

재건은 묵묵히 고개를 주억거렸다.

며칠 전의 일이었다. 재건의 신작이 호러 미스터리라는 이야기를 들은 규호가 줄거리라도 볼 수 있겠냐며 부탁을 해왔다. 그래서 재건은 흔쾌히 문서를 보내 줬던 것이다.

"하 작가님, 혹시 3월 14일 아세요?"

"화이트 데이요?"

뜬금없는 질문에 재건이 양어깨를 으쓱하며 되물었다.

"게임 3월 14일 말입니다. 손누리에서 개발했던 호러 어드벤처 게임이요."

"아아, 네. 압니다. 좋아하는 여자의 사물함에 사탕을 넣어두려고 밤에 학교에 숨어든 남학생이 탈출하는 내용이죠?"

"잘 아시는군요."

"학생 때 저도 조금 했었습니다. 너무 무서워서 끝까지 플레이는 못했지만요."

"그게 원래 PC 버전인데 모바일 게임으로 리메이크가 됐어요. 얼마 전에 8개 국가에서 글로벌 서비스를 개시했습니다. 반응이 상당히 좋습니다. 이 호러 어드벤처라는 장르에 저와 틴센트 양쪽이 모두 관심을 갖고 있습니다."

틴센트는 중국의 인터넷 및 게임 서비스 업체다. 오스카의 던전 중국 서비스도 틴센트가 맡았다. 재건은 규호가 무슨 목적으로 자신을 찾아왔는지 슬슬 짐작할 수 있었다.

"거두절미하고 겨자 목욕탕을 게임으로 만들고 싶습니다."

"네……."

"내일 중국에서 틴센트와 논의하기로 한 게임이 오스카의 던전만이 아닙니다. 지금 넥션에서 개발 중인 악령의 밤 혹시 아십니까?"

"텍스트 위주의 호러 어드벤처 게임이죠?"

"맞습니다. 그런데 틴센트 쪽에서 악령의 밤을 꺼려 하는 분위깁니다. 스토리가 무미건조하고 길답니다. 그래서 아웃시키고 겨자 목욕탕을 밀어보고 싶습니다."

오늘도 규호는 전혀 우회하는 법이 없었다. 재건을 똑바로 응시하며 열정적으로 자신의 의견을 피력했다.

"지금 하 작가님이 확답을 주시면 제가 내일 겨자 목욕탕 건까지 틴센트와 협상을 진행할 수 있게 됩니다. 그래서 출장을 하루 앞두고 이렇게 찾아뵌 겁니다."

재건은 이해되지 않는 구석이 있어 고개를 갸웃거렸다.

"근데 이사님, 겨자 목욕탕은 아직 게임은커녕 기획안도 만들어지지 않았는데 협상이 가능합니까?"

"마케팅을 위한 구두계약을 위해섭니다."

"아아, 네."

"이미 오스카의 던전 웹툰 중국 반응이 상당합니다. 이것도 틴센트가 맡았죠. 중국 플랫폼 쪽에서 프로모션과 이벤트를 준비하려면 미리 협상을 해두는 게 좋습니다. 심지어 영화 바다가 있었다도 중국에서 개봉되어 호평받는 중이니 지금 시기가 정말 좋다고 볼 수 있습니다."

규호가 손가락 하나를 곧추세우며 확신조로 말했다.

"하 작가님 파워를 중국이 실감하기 시작했다는 겁니다."

"격려 말씀 고맙습니다."

"격려가 아니라 사실을 말씀드렸을 뿐입니다."

말을 마친 규호가 식은 커피를 단숨에 비웠다.

재건의 옆에 앉아 있던 재인이 넌지시 물었다.

"이사님, 커피 한 잔 더 드릴까요?"

"갈증이 나니 냉수로 부탁드리겠습니다."

규호는 재인이 가져다준 냉수로 타는 목을 달랬다. 우두커니 생각에 잠겨 있던 재건이 천천히 고개를 들고는 물었다.

"수희는…… 아니, 이 팀장님은 이 건에 대해 혹시 어떤 의견을 내셨나요?"

규호가 컵을 내려놓으며 대답하려는 찰나, 출입문을 밀고 들어온 수희가 대신 말을 받았다.

"저 역시 강력하게 지지하고 있습니다."

모두의 시선이 수희에게로 쏠렸다. 등 뒤로 출입문을 닫으며 그녀는 나머지 말을 이었다.

"게임, 소설, 웹툰, 나아가 영화든 드라마든 영상화까지. 이 건을 통해 하재건 작가님께서는 원 소스 멀티 유즈의 효과를 전에 없이 확실하게 느끼실 수 있으리라 확신합니다."

"어머, 수희 씨. 어서 와요."

재인이 반색을 하고 일어나 수희의 두 손을 맞잡으며 반겼다. 수희는 그녀에게 두 손을 잡힌 채 학원 내부를 둘러보며 말했다.

"학원이 참 깔끔하고 예뻐요, 언니. 일찌감치 찾아뵙지 못해서 죄송해요."

"아니에요, 수희 씨. 바쁜 직장인이 시간이 어딨어? 어머, 내 정신 좀 봐. 일 때문에 오셨는데 죄송해요. 말씀들 나누세요."

재인이 종종걸음으로 자리를 피해주었다.

규호 옆에 다소곳이 앉은 수희는 맞은편의 재건과 둘만의 눈길을 교환하며 살포시 웃었다.

"이사님, 어디까지 말씀하시던 중이셨어요?"

"……."

규호는 재인이 사라진 방향으로 시선을 둔 채 말이 없었다. 잠시 기다린 끝에 수희가 다시금 넌지시 불렀다.

"저기, 이사님?"

"으음? 아아, 네. 이야기 거의 다 끝났습니다."

황망히 시선을 거둬들인 규호가 헛기침부터 했다. 그러고는 재건에게 시선을 보냈다. 대답을 갈망하는 그 눈빛 앞에서 재건은 이내 고개를 끄덕였다.

"그렇게 하겠습니다."

"결정하신 겁니까?"

"네, 이사님과 이 팀장님 두 분이서 지지해 주시니 저야 안심입니다."

아직은 안심하지 못한 규호가 강조하듯이 덧붙였다.

"혹시라도 구두계약을 가볍게 보시면 안 됩니다. 중국인들은 때때로 일의 진행보다 체면 유지를 훨씬 중시하는 경향이 있습니다."

"명심하겠습니다."

재건이 진중한 표정으로 대답했다.

수희는 아무도 몰래 씁쓸히 웃었다. 지금 규호는 괜한 말을 했다. 스스로 내뱉은 약속을 어길 재건이 아니기에.

"긴 이야기 들어주시느라 고생하셨습니다. 중요한 이야기는 끝났으니 나머지는 느긋하게 식사라도 하면서 계속할까요? 누님분도 식사 전이실 테니 같이 드시죠."

규호가 허기진 배를 어루만지며 제안했다. 이야기만 끝내고 돌아갈 예정이었던 마음이 이곳에 오자마자 바뀌었다.

"그럼 그렇게 할까요. 어떤 걸로 드시고 싶으세요? 먼 길

와주셨는데 제가 모시겠습니다."

"밥이 곁들여진 거라면 뭐든 좋습니다."

재인까지 네 사람은 인근의 식당에 자리를 잡고 쇠고기 전골을 주문했다. 늦은 점심을 먹으면서 일에 관한 자잘한 이야기들도 계속 이어졌다.

"이걸로 드세요, 이사님."

재인이 생선 접시를 규호 쪽으로 밀어주었다. 새 젓가락으로 먹기 좋게 발라놓은 생선이었다. 접시를 내려다보는 규호의 가슴 한구석에 잔잔한 파동이 일었다.

"혹시 게장도 드시나요?"

"아아."

규호가 의미도 없는 목소리를 내며 고갯짓을 했다. 이상하리만치 제대로 된 반응을 할 수가 없었다. 스스로 생각해도 어처구니없는 일이었다.

재인은 웃는 낯으로 게장도 먹기 편하게 찢어주고는 물었다.

"맛이 어떠세요? 여기 재건이랑 제가 좋아해서 자주 찾는 식당이거든요."

"맛있습니다."

입안의 음식을 우물거리며 규호가 대꾸했다. 그는 재인이 챙겨준 음식을 진심으로 맛있게 전부 먹어 치웠다. 평소보다 많이 먹었는데도 더부룩한 느낌은 일절 없었다.

BIG LIFE

"잘 먹고 돌아갑니다. 두 주 후에 뵙겠습니다. 웅성 쪽에 간단히 하 작가님 의사 정도만 언급해 주시면 감사하겠습니다. 나머지는 제가 알아서 하겠습니다."

"네, 이사님. 그렇게 하겠습니다. 와주셔서 정말 감사했습니다."

"이 팀장님은 회사로 돌아오시지 않아도 됩니다. 저 먼저 들어갑니다."

"아아, 네. 그럼 조심히 들어가세요, 이사님."

규호가 차문을 열고 뒷좌석에 올라탔다. 시동을 건 상태로 대기하고 있던 김 기사는 즉시 액셀을 밟고 차를 출발시켰다.

"김 기사님."

"네, 이사님. 말씀하세요."

"저랑 함께 일하신 지 얼마나 됐죠?"

"다다음 달이면 꼭 4년이 됩니다."

"그렇군요. 시간 빨리도 가네."

규호는 팔짱을 낀 채 생각에 골몰해서 한동안 말이 없

었다. 사거리의 적신호에 차가 멈춰 섰을 때 그가 다시 입을 열었다.

"김 기사님."

"네, 이사님."

"저 멋있습니까, 안 멋있습니까?"

"네……?"

김 기사의 얼굴이 당혹으로 물들었다. 종종 엉뚱한 소리를 늘어놓을 때가 있긴 해도 이런 종류의 질문은 난생 처음이었다.

"말씀해 보세요. 저 별로 멋없어요?"

"머, 멋있으십니다."

"정말입니까?"

"그, 그럼요. 이미 이사님께서는 미남 CEO시라고 뉴스에도 몇 번이나 기사가 났지 않습니까."

"흠, 그래요."

"……."

"김 기사님."

"네네. 말씀하세요, 이사님."

"가정적인 여성은 참 아름답지요?"

"네? 아아…… 네, 아무래도 그렇…… 겠지요?"

"역시 그렇죠?"

"네, 저도…… 그 뭐지. 네. 가정적인 여성은 아름답다고 생각합니다. 네, 그럼요."

"하하하하하!"

별안간 규호가 가슴을 들썩이며 크게 웃어댔다.

김 기사는 화들짝 놀라 핸들을 두 손으로 꽉 움켜잡았다. 4년을 함께한 지금까지도 규호가 무슨 생각을 하고 사는 인간인지 도통 알 수가 없었다.

64장
나는 무섭군

"우리도 올라갈게, 누나."

"그래, 오늘 정말 고마웠어. 수희 씨도 다음에 또 봬요. 그리고 선물로 사 온 컵 너무 예뻐. 잘 쓸게요."

"네, 언니. 학원 번창하시길 바랄게요. 또 놀러 올게요."

차를 가져오지 않은 재건은 수희의 차 조수석에 몸을 실었다. 운전석의 수희가 안전벨트를 매며 물었다.

"집으로 갈 거니? 아님, 작가 사무실?"

"아직 구상하는 중이라 집에서 혼자 작업하려고."

"그래, 그럼 집으로 가자."

재건이 수희의 뺨에 대고 쪽 소리가 나도록 입을 맞췄다.

놀란 수희가 두 눈을 동그랗게 떴다.

"뭐하는 짓?"

"참느라 힘들었어."

재건이 다시금 **뺨**에 입술을 맞췄다.

연달아 한 번 더, 또 한 번 더.

두 눈을 감은 수희의 몸이 부르르 떨렸다.

"이제 그만해."

"시작도 안 했는데 뭘 그만해."

대담해진 재건이 수희의 양어깨를 끌어당겼다. 자석처럼 들러붙은 입술 틈으로 혀가 파고들었다. 수희는 두 손이 으스러지도록 주먹을 꼭 쥐었다. 허공에 붕 뜬 것처럼 머리가 아찔했다. 심장이 폭발할 기세로 뛰고 있었다.

"하아……."

한참이나 입을 맞춘 끝에 재건은 수희를 놓아주었다. 좁은 차 안의 공기가 한껏 뜨거워졌다. 수희는 손부채질로 얼굴의 열을 식히며 호흡을 가다듬었다.

"더워졌어?"

"말이라고 물어? 나 운전 못 하겠다. 네가 해."

"그럼 더 해도 돼?"

"빨리 가야지. 집에서 리카 기다리잖아."

"집에 가서는 해도 된다는 거지?"

"……."

수희가 또 얼굴을 붉히며 고개를 숙였다.

곤혹스러워하는 그 반응이 귀여워서 자꾸만 짓궂은 짓을 하게 되는 재건이었다.

"왜 말이 없어? 수희야?"

"이제 아무 말도 안 할 거야."

수희가 짐짓 화난 어조로 액셀을 밟았다.

퇴근 시간 전이라서 도로는 한산한 편이었다.

차는 막힘없이 달려 금세 집에 도착했다.

정원 안의 차고에 차를 대고 내리자마자 재건이 다시금 수희를 공격했다. 운전하는 내내 바로 곁의 그녀를 만질 수가 없어서 고통이었다.

끌어안긴 수희가 까치발로 서서 재건의 입술을 받아들였다. 보는 사람이 없기에 이번에는 별다른 저항을 하지 않았다.

재건은 금세 참을 수가 없어져서 수희를 번쩍 들어 안고 집으로 걸음을 서둘렀다.

한바탕 몰아쳤던 폭풍우가 잠잠해졌다.

수희가 몸에 이불을 두르고 일어섰다. 방바닥 곳곳에 널브러진 옷가지들을 주워 들던 그녀는 울상을 하고 말했다.

"스타킹 찢어졌어. 하여튼 거칠어."

"미안, 나도 모르게……."

"나 먼저 씻을게."

"같이 씻을까?"

"싫어. 또 무슨 이상한 짓을 하려고."

"수희야."

"뭐라고 말해도 싫어."

"그게 아니라, 우리 집 한번 안 올래?"

"……!"

수희가 욕실 문턱을 밟다 말고 돌아보았다.

재건이 땀으로 흥건히 젖은 상체를 일으켜 앉으며 말을 이었다.

"너 한번 집으로 데려오라고 말씀하셨거든. 이제 와서 말하는 건데 누나만이 아니라 우리 어머니도 너 엄청 좋아하셔."

수희가 두 눈을 반짝이며 미소를 머금었다.

재건의 부모님께 정식으로 인사를 드리러 가게 되다니.

그녀도 진즉부터 내심 바랐던 일이다.

"정말?"

"그래, 한번 올 수 있어?"

"당연히 갈 수 있지. 날짜 잡아줘."

수희가 흔쾌히 대답하고는 욕실로 들어섰다.

재건은 다른 욕실에서 몸을 씻고 새 옷으로 갈아입었다. 젖은 머리를 털고 있으려니 지금껏 어딘가에 숨어 보이지 않았던 리카가 다가왔다.

"어디 있었어, 리카. 이리 와."

"야옹."

재건이 리카를 무릎에 앉히고 노트북 전원을 켰다.

'겨자 목욕탕' 파일을 불러들이고 그는 즉시 글을 쓰기 시작했다. 규호와의 일 덕분인지 타자를 두드리는 열 손가락에 한층 활기가 돌았다.

"벌써 쓰기 시작하는 거야?"

수건으로 머리를 감싼 수희가 등 뒤로 다가와 물었다. 양 손에는 커피가 담긴 머그컵을 하나씩 들고 있었다.

커피 한 잔을 건네받으며 재건이 고개를 끄덕였다.

"남 이사님 뵙고 나니까 속도를 좀 내고 싶어졌어."

"초고 얼마나 걸릴 것 같니?"

"구상한 대로만 잘 나오면 금방이지. 분량 그렇게 많지 않을 거야. 12만 자 내외로 끝날 것 같아."

수희가 커피 한 모금을 들이마시고는 말했다.

"이번에도 잘될 거야. 오늘 남 이사만 봐도 그렇잖아. 네 작품이 잘될 거라는 걸 믿으시니까 그런 파격적인 결단을 내리실 수 있었던 거지."

"네가 지원사격을 잘해준 덕분이 아니고?"

수희가 재건의 귓불을 만지작거리며 싱긋 웃었다.

"물론 이 팀장이 내조한 공이 크지. 저녁 먹을 때까지 쓰다가 내려와. 리카랑 영화 보고 있을게."

"알았어. 고마워."

수희가 리카를 데리고 1층으로 내려갔다.

혼자가 된 재건은 보다 집중력을 발휘해서 글을 써 나갔다. 쉼 없이 계속되는 타자 소리가 스스로의 귀에도 경쾌하게 울리고 있었다.

'물감 때문에 열등감을 느낀 형이 화를 내며 먼저 목욕탕을 떠나고, 형을 남몰래 좋아했던 소녀는 엉엉 울고, 그 틈에 동생은 소녀의 보물 상자에서 초콜릿 하나를 훔쳐 집으로 돌아오고. 다음 날 아침 등굣길에 보니 목욕탕에 경찰과 사람들이 모여 있고. 이윽고 동생은 소녀가 간밤에 사고로 죽었다는 사실을 알게 되고…….'

타다닥! 타다다닥! 탁!

'소녀가 사고사한 이후 동생은 매일 밤 악몽을 꾸게 된다. 악몽은 항상 똑같다. 무시무시하게 산발한 소녀가 훔쳐 간 초콜릿을 돌려 달라며 쫓아오는 내용이다. 도망치던 동생은 사우나실로 들어가 문을 닫는다. 소녀는 문의 유리창을 통해 들여다보며 피가 터지도록 이마를 부딪는다. 급기야 유리가

깨지고 소녀가 손을 뻗어 동생의 멱살을 잡는다. 동생은 울음을 터뜨리면서 꿈에서 깨어난다……!'

정신없이 글을 쓰면서도 재건은 경주에서 본 목욕탕의 풍경을 곱씹고 있었다. 그 어둡고 스산하면서 쓸쓸했던 풍경이 모니터 화면 위로 겹치듯이 아른거렸다.

'악몽과 죄책감에 동생은 얼마 못 가 형에게 사실을 털어놓는다. 소녀가 죽기 전에 초콜릿 하나를 훔쳤다고. 자기 때문에 소녀가 죽은 것 같다고 횡설수설하면서 형을 붙잡고 운다. 근데 형은 꿈의 내용을 듣고 크게 놀란다. 그사이에 형도 동생과 똑같은 꿈을 꾸고 있었으니까……!'

타다다닥! 타닥!

샤워를 한 보람도 없이 재건의 온몸이 땀으로 젖어들고 있었다. 시간의 흐름을 가늠할 수 없었다. 물 만난 고기처럼 날뛰는 열 손가락이 뜨거웠다.

"재건아, 조금 쉬었다 해."

등 뒤에 선 수희가 넌지시 말을 건넸다.

그녀가 가까이 다가온 줄도 몰랐던 재건은 몸을 움찔 떨며 돌아보았다.

"언제부터 서 있었어?"

"한 5분 정도? 하여튼 집중력 한번 끝내줘. 저녁 만들려고 하는데 뭐 먹고 싶어?"

"난 아무거나 다 괜찮아. 외식해도 되고."

"집에 식재료 다 있는데 외식은. 돼지 김치찌개 끓여 줄까?"

"맛있겠다. 계란말이도 해줘."

"알았어. 다 되면 다시 부를게."

수희가 내려가고 재건은 다시 모니터로 눈을 돌렸다.

말하느라 글쓰기를 멈춘 김에 그는 잠시 쉬기로 마음먹고 스크롤을 위로 올렸다.

지금까지 써낸 글을 검토하고 있자니 문득 걱정이 밀려왔다.

'이게 정말 무서울까.'

이 소설의 장르는 호러 미스터리다. 독자를 두려움에 떨도록 하는 것이 목적이다. 과연 공포를 제공하는 제 소임을 온건히 해낼 수 있을지가 재건의 걱정이었다.

'쓰는 나는 재밌지만…… 이게 정말 무서울지가 걱정이란 말이지.'

재건은 고개를 갸웃거리며 가느다란 한숨을 내뿜었다.

이럴 때 확신을 줄 대선배가 있다면 얼마나 좋을까 하고 안타까운 마음을 달래면서.

바로 그 순간.

─나는 무섭군.

"……?!"

재건이 고개를 번쩍 들고 두 눈을 부릅떴다.

뇌리를 관통하는 이 짧은 울림.

그토록 기다렸던 대선배의 조언이 아니던가.

'선배님? 선배님 맞으세요?'

재건이 텅 빈 허공을 우러러보며 물었다.

오스카의 던전을 쓸 때엔 단 한 번도 대답을 준 적이 없었다. 이제는 완전히 떠나 버린 줄만 알았던 대선배가 '겨자 목욕탕'을 쓰는 이 시점에 돌아와 준 것이다.

－뒷내용이 궁금하니 빨리 나머지를 써보게.

'네, 알겠습니다! 지금 바로 이어서 쓰기 시작할게요!'

타다다닥! 타다닥!

재건은 자신감으로 충만해져 다시금 타자를 두들기기 시작했다.

'다음 전개는 이래요, 선배님. 악몽 때문에 동생이 형이랑 손을 잡고 같이 자요. 근데도 동생은 똑같이 소녀에게 쫓기는 꿈을 꾸고요. 사우나실로 몰리는 부분까지도 똑같아요. 근데 이 시점에 갑자기 형이 나타나요. 소녀의 얼굴을 그린 도화지를 들고서요.'

－흐음…….

'형이 준 그림을 받아 들고 소녀는 기쁜 듯이 웃으며 돌아가요. 동생은 안도의 한숨을 내쉬며 주저앉아요. 그리고 아침이 되어 잠에서 깨어났을 때 옆에 형이 없다는 사실을 알게 돼요.'

─형은 어떻게 된 건가?

'행방불명이요. 동생과 하룻밤 손을 잡고 잔 사이에 어디론가 사라진 거예요. 하루가 지나고 이틀을 기다려도 안 돌아와요. 엄마가 경찰에 신고했지만 흔적조차 못 찾아요.'

─나는 독자로서 하는 이야기가 아니라 작가인 자네에게 묻고 있는 거라네.

'아아, 네. 형이 사라지고 1년쯤 지나서 엄마의 공장 때문에 또 이사를 가게 돼요. 이사 가기 며칠 전 동생은 1년 전에 훔쳐 왔던 겨자의 초콜릿을 떠올려요. 죄책감에 시달려서 먹지도 못하고 침대 밑에 숨겨놨거든요. 근데 들여다보니 단 하나여야 할 초콜릿이 수십 개 씩이나 놓여 있었던 거예요.'

─형이 훔쳐다 놓았던 거겠군.

'저도 그렇게 가정하고 글을 썼어요. 소설에서 확실하게 밝히지는 않을 거고요. 아무튼 그래서 동생은 그날 밤 겨자 목욕탕에 가기로 결심하게 되는 거예요. 훔친 초콜릿들을 돌려주고 늦었지만 소녀에게 용서를 빌기 위해서요.'

재건이 이제 막 설명을 끝마쳤을 때.

"재건아, 거의 다 됐으니까 내려와!"

수희의 목소리가 작업을 멈추게 만들었다.

열이 올라서 더 쓰고 싶은 재건의 뇌리로 또 한 차례 목소리가 울렸다.

—밥 먹고 쓰게.

'아, 네. 선배님……'

거역할 수 없는 지시다.

재건은 고분고분 워드 파일을 저장하고 1층으로 내려왔다. 밑반찬이 가득 깔린 상 한가운데로 수희가 찌개 냄비를 내려놓는 중이었다.

"맛있겠다."

"얼른 먹어. 키보드 부서지겠더라. 타자 두드리는 소리가 여기까지 울리던데?"

"응, 갑자기 속도가 올랐네. 느낌이 좋아."

"나도 잘될 거라고 말했잖아. 재미있을 거야."

"재미도 있어야겠지만 무서워야 돼."

"무서운 것도 재미 요소에 포함이지 뭐. 왜 그렇게 웃어?"

"글이 잘 써져서 기분이 좋아서."

대답하고 난 재건이 입안 가득 밥을 한 숟갈 떠 넣었다.

수희의 음식이 맛있고 대선배의 조언이 고마워서 그는 한시도 웃음을 멈출 수가 없었다.

"아, 진짜 너무 무섭다……!"

부천의 작가 사무실.

연우는 이제 막 다 읽은 '겨자 목욕탕' 원고에서 눈을 떼고 양팔을 문질렀다. 뒤끝이 찜찜하고 무서운 글을 읽은 탓에 온몸의 털이 거꾸로 섰다.

"재건이 형, 제가 다른 건 몰라도 담력이 약해요. 이런 거 안 쓰시면 안 돼요?"

"안심이다. 네가 무섭다고 해줘서."

"형, 근데요. 초콜릿 상자 돌려주려고 동생이 목욕탕 간 장면이요. 여기서 형이 그린 소녀 그림을 줍잖아요. 이거 어떻게 된 거예요? 물감도 없던 형이 어떻게 이 그림을 완성했어요? 소녀가 죽은 뒤 가지고 온 거예요? 아니면 죽기 전에 완성해서 준 거예요?"

"그러게. 어떻게 된 노릇일까."

"만약 죽기 전에 준 거라면, 소녀가 죽던 날 밤 형이 이 목욕탕에 왔었다는 얘기가 되잖아요. 한마디로 형이 소녀를 죽인 게 맞는 거죠?"

"나도 몰라."

"아, 형. 제발요. 그냥 알려주세요. 답답해서 미쳐 버릴 거

같단 말이에요."

드르륵!

핸드폰이 울리며 모르는 번호로 전화가 걸려왔다.

재건은 연우에게 손짓하고 바로 전화를 받았다.

"여보세요?"

―안녕하세요, 하 작가님. 저 남규홉니다.

"아, 네. 안녕하세요."

―보내 주신 원고 잘 읽었습니다. 좋았습니다.

"좋게 봐 주셔서 다행입니다."

―개인적으로 여쭤보고 싶습니다. 동생이 초콜릿을 되돌려 주려고 목욕탕에 가서 형이 그린 소녀 그림을 발견하지 않습니까?

규호는 조금 전 연우와 똑같은 말머리의 질문을 해왔다.

―그다음에 붉은 자국을 발견하죠. 물감인지 피인지 분간은 안 가는 그 자국이요. 그걸 따라가다 보니 환풍구로 이어져 있고 동생이 환풍구를 열죠. 그 순간 무엇인가 시커먼 덩어리가 쿵 하고 떨어지고요.

"네, 그렇죠."

규호가 가느다란 한숨을 한 번 내쉬고는 말을 이었다.

―대체 그 떨어진 게 뭡니까? 왜 그걸 보고 동생은 놀라서 뒤로 나자빠지죠? 그리고 자신의 침대 밑에 수십 개의 초콜

릿이 있었던 이유를 어떻게 수긍하게 되는 겁니까?

"일단은 형의 시체라고 가정했습니다. 독자가 상상할 수 있도록 일부러 확실하게 밝히지 않았고요."

―흐음, 네. 그래서 '떨어진 그것을 보면서도 이상하게 무섭다는 생각은 들지 않았다'. 이 문장으로 결말이 난 게 맞는 거죠? 미완성인 게 아니죠?

"네, 그렇습니다. 확실히 밝히는 편이 좋다고 생각하세요?"

―아니요. 이대로 좋습니다. 저도 이런 취향이라서. 고생하셨습니다. 또 연락드리겠습니다.

"아, 잠시만요. 남 이사님."

―네?

재건이 연우의 귀를 피해 작은 목소리로 물었다.

"제목은 괜찮으신 건가요?"

―겨자 목욕탕이요? 좋은데요.

"정말이십니까?"

재건이 확인하듯 되물었다.

언제나 제목으로 좋은 평가를 받지 못했던 그였기에 규호의 말을 좀처럼 믿기가 힘들었다.

―중요한 내용과도 밀접한 관계가 있는 제목이고. 저는 좋습니다. 이대로 가시지 왜, 바꾸고 싶으세요?

"아니, 아닙니다. 괜찮으시다면 그대로 가겠습니다."

―네, 알겠습니다. 그럼 이만 끊겠습니다. 점심 맛있게 드세요.

"이사님도 맛있게 드세요."

전화를 끊고 난 재건이 희미하게 웃었다.

원고를 들여다보고 있던 연우가 돌아보고는 물었다.

"그 학생회장 같은 이사님이에요?"

"어."

"무슨 통화를 하셨어요? 형 표정이 좋으신데요."

"남규호 이사님 보기보다 좋은 분인 것 같아."

"네? 뜬금없이 무슨 소리예요?"

"밥 먹으러 가자. 배고프다."

밥을 먹으러 나서기 전 재건은 메일부터 보냈다.

완성된 '겨자 목욕탕' 초고는 웅성의 명석과 감독 태성에게 까지 확실히 전달되었다.

"편집장님, 점심 식사 안 하십니까?"

"먼저들 드세요. 난 처리할 일이 있어서."

직원들이 썰물처럼 사무실을 빠져나갔다. 명석은 고요 속에서 편안한 자세로 '겨자 목욕탕' 초고를 읽기 시작했다.

'훗.'

스무 장가량을 읽었을 때 명석이 가볍게 웃었다.

초반부터 확실히 감이 왔다. 군더더기 없이 깔끔한 문장이 몰입을 돕는다. 시각적인 측면 외엔 철저히 배제된 묘사는 이야기의 속도감을 높여주고 있었다.

분량은 그다지 많지 않았다. 재건의 다른 장편소설들과 비교하면 70% 전후의 분량이었다.

명석은 한 시간이 조금 지나서 초고를 완전히 읽었다. 얼굴에 개운한 미소가 넘쳤다.

'역시 좋군.'

좋다는 말보다 더 좋은 표현이 있을까.

편집자로서의 명석이 '겨자 목욕탕'에 바치는 최고의 찬사였다. 이번에도 재건은 그를 실망시키지 않았다.

벽시계를 보니 1시 반이 살짝 지나 있었다.

명석은 핸드폰을 집는 대신 이메일에 접속했다. 상대의 시간은 초저녁일 것이다. 다른 일로 바쁠지도 모르니 일단 초고부터 보내두는 편이 나을 듯했다.

재건의 간단한 약력을 곁들여 초고를 보낸 다음, 명석은 자잘한 몇 가지 업무를 처리했다.

드르륵!

한창 일에 빠져드는 찰나에 핸드폰이 울리며 전화가 걸려왔다.

동기이자 에이전트인 유진이었다.

명석은 검토를 끝낸 서류에 서명을 하고는 냉큼 전화를 받았다.

"어, 유진아."

─겨자 목욕탕 다 읽었어. 야, 느낌 좋은데?

유진의 목소리가 한껏 상기되어 있었다. 찰랑거리는 물소리를 들은 명석은 그녀가 목욕 중이라는 사실을 알아챘다. 욕조에 몸을 담근 채로 책을 읽는 건 그녀의 오래된 습관이었다.

─딱 내가 원했던 대로네. 이런 게 영미권에서 먹히지. 한국에서 책은 언제 출간되니?

"이제 초고를 받았으니 여러 사정 감안해서 한 달 정도?"

─한국에서 잘 팔려야 할 텐데.

유진이 혼잣말처럼 중얼거렸다.

한국 시장에서 성공해야 해외 진출이 쉬워진다. 자국에서 많은 사랑을 받은 작품일수록 에이전트인 그녀 역시 자신 있게 소개하고 다닐 수 있다.

"잘될 거야. 하재건 선생님 작품이니까."

─엄청 좋아하나 보다. 나랑 통화할 때도 선생님이라 그러네.

"입에 붙어서. 그것보다 감기 걸리기 전에 그만 욕조에서 일어서는 게 어떨까?"

-알고 있었어?

"물소리가 들렸으니까."

-또 이 누나의 풍만한 몸매를 생각하고 있었지?

올해 38살의 명석은 소리 없이 웃었다. 오래전에는 유진의 이런 짓궂은 장난에 곧잘 당황했었다. 그러나 이제는 가볍게 웃어넘길 수 있다. 그만큼 오랜 세월이 흘렀다. 결실을 맺지 못한 그녀와의 사랑도 추억 속에 고이 묻었다.

-나 아직도 그때만큼 탱탱해. 필라테스 열심히 하거든. 못 믿겠음 나중에 만났을 때 확인해 보든가.

"진짜로 확인한다?"

-어머, 무서워라. 덮쳐 봐. 기대할게.

두 사람의 웃음소리가 전파 사이로 뒤섞였다. 웃음 끝으로 유진이 말을 이었다.

-나 믿어줘서 고마워. 미국 시장은 걱정 말고 맡겨줘. 출간 일정 잡히면 다시 연락 주고.

"알았어. 푹 쉬어."

-응, 너도 수고해.

전화를 끊은 명석은 뜨거운 커피 한 잔을 탔다. 창가에 서서 평화로운 한낮의 풍경을 바라보고 있으려니 자연스레 추억의 편린들이 밀려들었다. 설탕을 넣지 않은 커피가 유난히 썼다.

65장
잔소리꾼 여고생 말입니다

"하 작가님, 시나리오 써주세요."

재건이 입으로 가져가던 술잔을 멈추고 쳐다보았다. 맞은
편의 태성은 집게로 고기를 구우며 말을 계속했다.

"꼭 제가 만들고 싶습니다. 이번에도 하 작가님의 깔끔한
시나리오가 절실합니다."

얼굴을 본 지 오래됐다는 구실로 만들어진 저녁 자리였다.

사람은 태성과 재건 둘뿐이었다.

태성은 손에 A4 용지로 출력한 '겨자 목욕탕' 초고를 쥐고
있었다.

"정말 마음에 드시는 건가요?"

"제가 하 작가님 유명세를 등에 업고 안전하게 차기작을

꾸리려는 것처럼 보이십니까?"

태성이 짓궂게 웃으며 농담조로 물었다.

재건은 술 한 잔을 목젖으로 넘기고는 미간을 좁히며 고개를 가로저었다.

"이런 장르가 처음이라 걱정이 많았습니다. 돌이켜 보면 걱정하지 않았던 적도 없지만요. 저야 그저 감사합니다. 구태여 언급할 필요도 없을 만큼 감독님을 믿어요."

이미 '바다가 있었다'로 공동 작업을 경험했다. 업무 이전에 사람으로서의 성향도 잘 맞았다. 끝까지 유지한 좋은 관계가 효율을 극대화시켰다. 원작이 지닌 분위기를 고스란히 살려준 태성에게 재건은 아직도 크게 감사하고 있었다.

"캐스팅이 조금 힘들겠습니다."

"아무래도요."

태성이 따라 주는 술을 받으며 재건은 수긍했다.

'겨자 목욕탕'의 주요 인물 셋은 전부 초등학생이다.

이 중에서도 가장 큰 근심은 소녀였다. 사춘기에 접어든 형과의 사이에서 풍기는 성적 향취 때문이다. 소설에서는 대놓고 드러나지 않지만 영화로 옮기면 사정이 달라진다.

"아역 배우 오디션을 열긴 열어야겠는데 일정을 빨리 잡아야겠습니다. 소녀처럼 천진난만하면서도 의외의 부분에서 미묘한 감정을 드러낼 그런 배우를 구하기가 쉽지가 않을 것 같아요."

"말씀을 듣고 보니 괜히 제가 죄송해지네요. 주인공들을 한 고등학생 정도로 설정할 걸 그랬나요."

"고등학생들이 폐업한 목욕탕에서 이러고 놀면 그건 코미디 소설이겠죠."

두 사람이 건배하며 동시에 웃음을 터뜨렸다.

또 한 잔의 술을 마시고 난 태성이 뒤늦게 생각난 표정으로 손가락을 튕겼다.

"근데 작가님, 잔소리꾼 여고생 말입니다."

"아아, 네."

재건이 시선을 맞추고 고개를 끄덕였다.

태성이 말한 잔소리꾼 여고생은 '겨자 목욕탕'에 나오는 인물 중 하나였다. 문 닫은 목욕탕 주변의 폐가에 곧잘 담배를 피우러 오는 불량소녀다. 비중이 크지는 않으나 전개를 위해서라도 꼭 나와야 할 인물이었다.

"이 여고생 역할은 제가 꼭 맡기고 싶은 배우가 있어요. 읽자마자 바로 연결이 되더라고요."

"그래요?"

"네. 아, 제 이번 단편영화 소녀 전쟁이요. 여기 주인공으로 나오는 배웁니다. 신인인데 이름이 홍예슬이고요."

"아아, 네."

처음 들어보는 이름이어서 재건은 이을 말이 없었다. 핸드폰을 꺼내 사진을 뒤적이던 태성이 낭패 어린 얼굴을 했다.

"아, 이런. 프로필 사진을 핸드폰에 안 옮겨놨네. 아무튼 마스크가 좋아요. 예쁘고 귀엽고, 고양이를 닮았어요."

"직접 발굴하신 거예요?"

"시작은 우연이었습니다. 바다가 있었다 찍을 때요. 보조 출연자 빵꾸가 나서 급히 머릿수를 채웠어요. 홍예슬이 그중 한 사람이었습니다."

"아, 그래요? 그럼 저도 얼굴 보면 알겠네요."

"못 보셨을 겁니다. 인상이 너무 튀어서 편집 도중에 전부 잘라냈거든요. 이번 소녀 전쟁 시사회 오시면 보실 수 있을 겁니다."

"그러면 되겠네요."

두 사람의 술잔이 다시금 차올랐다.

고양이를 닮았다는 말 때문일까.

재건의 뇌리는 자연스레 한 여자의 얼굴을 떠올리고 있었다.

BIG LIFE

[괴물 작가 하재건 신작, 이번엔 호러 미스터리]

['겨자 목욕탕' 출간 이전부터 게임 및 영화화 결정]
[넥션 기획 이사 남규호, '중국에서도 자신 있다']
[중국에서 활동 중인 박도준, SNS로 하재건에게 응원 메시지, '재건아, 술 마시자^^']
[실시간 검색어를 장악한 '겨자 목욕탕', 대체 뭐길래?]

"흐음."

차 뒷좌석에 올라탄 규호는 핸드폰을 통해 인터넷 뉴스를 확인하고 있었다. 이제 막 중국에서 돌아온 참이었다. 드넓은 인천공항의 전경이 차창 너머로 작아져 가고 있었다.

"이 친구는 매니저가 없나."

"누구 말씀이십니까?"

"하재건이요. 프로필 사진을 좀 밝은 걸 써야지. 이 인간은 웃을 줄을 모르나?"

규호가 혀를 짧게 차며 재건의 사진을 들여다보았다. 슬며시 재건의 얼굴 위로 한 여자의 얼굴이 겹쳐지고 있었다.

"흐음…… 하재건에서 싸가지를 빼고 기품을 더하면 그 여자 얼굴이 되는군."

"네? 죄송하지만 잘 못 들었습니다."

"혼잣말이니까 신경 쓰지 마세요."

드르륵!

핸드폰이 울리며 수희로부터 전화가 걸려왔다. 창밖으로 시선을 돌리며 규호는 전화를 받았다.

"여보세요."

―많이 피곤하시죠, 이사님?

"어제 푹 자서 그럭저럭 괜찮습니다. 겨자 목욕탕 시나리오는 어떻게 되어가고 있어요?"

―중반부까지는 완성됐습니다. 마음에 드실 거라고 생각합니다.

결말까지 정해져 있는 소설과 달리 게임엔 여러 변수가 존재한다.

호러 어드벤처 장르인 만큼 플레이어는 매 순간마다 가야할 길을 선택해야 한다.

"하 작가는 보고 뭐라고 그래요?"

―나무랄 데 없다고 했어요. 만족스럽다고요.

"그래요. 빨리 만들어서 팔아 치웁시다."

―회사로 바로 들어오실 건가요?

"네, 음…… 아니요."

규호가 콧등을 손으로 꾹꾹 누르며 말을 바꿨다.

"잠시 볼일이 있어서요. 세 시간쯤 후에 봅시다."

―알겠습니다. 이따 뵙겠습니다.

전화를 끊은 규호는 즉시 지시했다.

"김 기사님, 수원으로 갑시다. 예전에 갔던 그 학원 기억하시죠?"

"아, 네. 알겠습니다, 이사님."

규호가 등받이에 뒷머리를 대고 두 눈을 감았다. 입가에 길게 그어진 미소는 백미러를 통해 김 기사에게도 보였다.

BIG LIFE

"정말로 왔네."

"오빤 무슨 인사 첫마디가 그래요?"

채린이 뽀로통하게 입술을 내밀었다.

태성의 단편영화 '소녀 전쟁'의 시사회가 열리는 독립 극장이었다.

며칠 전 재건은 도준의 부탁도 있고 해서 채린에게 안부 전화를 했었다. 통화하던 중 우연히 시사회 얘기가 나왔고, 채린은 마침 일정이 빈다며 꼭 오겠다고 말했던 것이다.

"상영 시간이 길진 않겠네요."

"응, 32분짜리라는데."

"이거 보고 맛있는 거 먹어요, 오빠. 유리도 쥐마켓 촬영 끝나면 온댔어. 도준 오빠 사진 보내서 약 올려야지."

"도준이도 중국에서 맛있는 거 실컷 먹고 있을걸."

드르륵!

재건이 울리는 핸드폰을 귓가로 가져갔다.

"어, 누나."

―바쁘니?

"아니, 괜찮아. 누나는?"

―난 엄청 바빠. 대작가님께서 강연해 주신 덕분에 학생들이 바글바글해져서. 몸이 열 개라도 부족할 지경이다.

"빨리 다른 강사 구해봐. 운전기사도 그렇고."

―아무튼 그게 중요한 게 아니라, 좀 전에 남규호 이사님 오셨어. 이 말 하려고 전화했어.

"남 이사님이……?"

재건이 얼빠진 목소리로 되물었다.

중국 출장을 마치고 돌아온 규호가 누나의 학원에 무슨 목적으로?

―선물. 중국에서 이것저것 사 왔다고. 술이랑 차랑 여하튼 어마어마해. 1년은 먹겠다.

"으음, 그래?"

말을 받으면서도 의아스럽기만 한 재건이었다.

자신의 가족에게 규호가 선물을 주는 것까진 이상하지 않다.

하지만 선물을 주려고 직접 찾아갔다고? 그것도 수원 소재의 누나 학원으로?

"그래서 이사님은 돌아가셨어?"

―아니, 지금 담배 피운다고 옥상. 나랑 점심 드시기로 하셨어.

"점심을 먹는다고?"

―여기까지 오셨는데 식사하셨냐고 예의상 여쭤봤지. 안 먹었으니 같이 먹자고 하시네. 아, 내려오시나 보다. 나중에 다시 얘기하자, 재건아.

"어, 알았어."

전화를 끊고 나서도 재건은 고개를 갸우뚱하고 있었다.

곁에 선 채린이 그의 어깨를 가볍게 쳤다.

"오빠, 저기 감독님 오셨다."

"아, 그래. 인사드려야지."

재건과 채린이 나란히 태성에게로 다가갔다. 조감독과 대화를 나누고 있던 태성은 금세 알아보고 기쁜 듯이 웃었다.

"와주셔서 정말 감사합니다, 작가님."

태성은 재건의 두 손을 맞잡을 정도로 좋아했다. 인사를 마친 그의 시선이 옆의 채린에게로 옮겨가고 있었다.

"이쪽은…… 혹시 애플티?"

"어머, 민낯인데도 알아보시네요. 고맙습니다."

"당연히 알아봐야죠. 저 애플티 팬입니다. 노래도 다 부를 줄 알아요."

태성이 즉시 애플티의 안무를 따라하며 노래를 흥얼거렸다. 상체와 하체가 따로 노는 어색한 춤 앞에서 재건과 채린은 참지 못하고 웃음을 터뜨렸다.

"아, 근데 하 작가님. 주연배우 그 홍예슬 씨 오늘 못 왔어요. 편의점 알바 때문에 시간을 도저히 낼 수가 없다더라구요."

"아아, 네."

재건이 천천히 고개를 끄덕였다.

편의점에서 아르바이트를 하면서 생계를 유지하고 있는건가.

신인 배우의 생활고가 남의 일처럼 느껴지지 않았다.

"아무튼 스크린을 통해서 보셔야겠습니다. 어서 들어가세요. 좋은 자리로 마련해 뒀습니다."

"감사합니다. 그럼 영화 끝나고 다시 뵙죠. 채린아, 들어가자."

재건과 채린은 마련된 좌석의 중간쯤에 몸을 앉혔다.

소소한 이야기를 나누고 있다 보니 차츰 객석이 들어찼다.

이윽고 마지막 빈자리마저 채워지고 난 후 불이 꺼지며 영화가 상영되었다.

'소녀 전쟁'이라는 제목이 경쾌한 음악과 함께 화면 가득 떠올랐다.

'재미있겠는데.'

재건은 기대 가득한 시선을 화면에 고정시켰다.

제목 글귀가 내려가고 한 여자의 뒷모습이 나타났다. 눈처럼 새하얀 블라우스에 단정한 감색 치마, 그리고 구두를 신고 있었다. 카메라는 어디론가 바삐 걸어가는 그녀의 뒤를 부지런히 쫓고 있었다.

'그 홍예슬이라는 여자인가 보네.'

오프닝 내내 마을버스를 타고, 지하철로 환승하고, 다시 어딘가의 건물로 들어가 엘리베이터 버튼을 누르는 뒷모습만이 이어졌다.

어떻게 생긴 얼굴이기에 태성이 그토록 칭찬을 했을까.

재건의 기대감도 점차 증폭되고 있었다.

"안녕하세요! 잘 부탁드립니다!"

사무실에 도착한 여자가 활기찬 목소리로 외치고 있었다. 그녀의 뒷모습만을 비추던 카메라가 옆으로 서서히 움직였다.

비로소 여자의 얼굴이 모든 관객 앞에 드러났다.

"……?!"

두 눈을 부릅뜬 재건이 놀란 숨을 훅 들이켰다. 때맞춰 강렬해진 화면의 빛이 그의 얼굴을 한층 더 창백하게 만들고 있었다.

커다란 화면 속에 신인 배우 홍예슬은 없었다.

화면을 오롯이 채운 존재는 깊은 밤의 도시에서 만났던 고양이를 닮은 여자였다.

엄마를 찾기 위해 스타가 되고 싶다며 울먹이던 그녀…….

바로 다슬이었다.

'어떻게 다슬 씨가……?'

배우 홍예슬이 다슬이라는 사실을 즉시 수긍하기란 쉽지 않았다. 하지만 화면 속의 여자는 분명히 그녀였다. 화장하지 않았을 때가 더 예뻤던 얼굴은 지금도 눈앞에서 찬란한 빛을 발하고 있었다.

재건의 몸이 바람 앞의 사시나무처럼 파르르 떨렸다.

슬픈 눈물을 남기고는 홀연히 사라졌던 그녀가 배우가 되어 나타나다니.

시간이 정지된 것만 같았다.

귓가로 아무런 소리도 들려오지 않았다.

"오빠, 왜 그래요?"

채린이 의아스러운 얼굴로 속삭이듯 물었다. 재건의 떨림이 옆자리의 그녀에게까지 전해질 정도로 컸던 것이다.

재건은 대답 대신 고개를 들고 사방을 둘러보았다. 어둠이 내리깔린 장내 그 어느 곳에도 찾는 얼굴은 없었다. 비로소 재건은 오늘 그녀가 편의점 아르바이트 때문에 오지 못했다던 태성의 말을 떠올렸다.

"오빠? 컨디션 안 좋아요?"

"아니, 아니야. 괜찮아."

재건이 고개를 천천히 내저으며 몸을 무너뜨렸다. 한바탕 달리고 난 사람처럼 기진맥진했다. 시선은 화면에 고정되어 있었지만 머리에 들어오는 내용은 거의 없었다.

영화가 거의 끝날 무렵.

"기다려요! 완전 멋진 여자가 돼서 다시 나타날 테니까!"

좋아하는 대리와의 이별을 앞둔 외침만이 또렷하게 고막을 울렸다.

마치 자신에게 말하는 듯한 느낌을 받은 재건이었다.

그녀가 남겼던 편지에도 비슷한 말이 적혀 있었으니까.

당당히 설 수 있을 만큼 준비가 되면 그때 목걸이를 받으러 찾아오겠다고.

엔딩 크레디트가 올라간 끝에 영화가 완전히 끝났다. 다시 불이 켜지면서 극장이 환해졌다. 곁의 채린이 웃는 얼굴로 한껏 기지개를 켜고 있었다.

"아, 재미있었다. 웃기면서 감동스럽네."

"……"

"오빠, 진짜 왜 그래요? 어디 아픈 거 아니에요?"

"아니야, 나도 재미있었어."

재건은 얼버무리듯이 채린의 말을 받고 일어섰다. 몸을 뒤로 돌렸을 때 마침 이쪽을 바라보고 있던 태성과 시선이 마주쳤다.

두 사람이 서로를 향해 걸음을 내디뎠다.

"어떠셨어요, 작가님?"

"좋았습니다. 재미있었어요."

재건은 거짓말을 했다. 심경이 복잡해서 영화를 제대로 보지 못했다. 기억에 남은 거라곤 예슬의 마지막 대사뿐이었다.

"배우 느낌은요? 홍예슬이요. 느낌 좋죠?"

다행스럽게도 태성은 영화의 내용이 아닌 예슬에 관한 느낌을 물었다.

재건은 착잡한 심정으로 고개를 주억거렸다.

"예쁘네요. 연기도 영화랑 어울리게 자연스러웠다는 느낌이고요. 왜 그토록 칭찬하셨는지 이해했습니다."

"그렇죠? 겨자 목욕탕에 잔소리꾼 여고생 역할도 잘할 것같지 않습니까?"

'겨자 목욕탕'에 대한 말이 나오자 한 부분으로 생각이 미치는 재건이었다. 잠시 망설인 끝에 그는 입을 열었다.

"근데 감독님, 저 홍예슬 씨에게 겨자 목욕탕에 대한 이야기도 이미 하셨어요?"

"얘기야 진즉에 했죠. 왜요?"

"그럼 원작자가 저라는 것도 알죠?"

태성이 멍하니 재건을 쳐다보더니 피식 웃었다.

"당연히 알죠. 하 작가님이 좀 유명하신 분입니까? 저한테 직접 말한 적도 있습니다. 하 작가님 소설들 다 재미있게 읽었다고."

"……."

재건은 할 말을 잃고 고개를 수그렸다.

이것으로 다슬이, 아니, 예슬이 자신의 존재를 인지하고 있다는 것은 확실해졌다. 그럼에도 불구하고 먼저 연락을 해오지 않은 것이다. 가만히 생각하니 그 이유를 알 것 같았다.

"하 작가님, 홍예슬 씨 한번 만나 보시겠어요?"

"아니요, 됐습니다."

상념에서 깨어난 재건이 웃으며 고개를 가로저었다.

"굳이 제가 볼 필요 있나요. 저는 시나리오나 열심히 작업해서 보내드리겠습니다."

재건은 예슬의 의지를 이해해 주기로 했다.

그녀 스스로 말했듯이 당당한 모습이 되어 먼저 찾아올 때까지 기다려 주리라. 그때까지는 그녀가 남기고 간 목걸이도 좀 더 맡아줘야겠지.

"재건 오빠, 유리 왔대요."

"아, 그래. 그럼 감독님, 먼저 가 보겠습니다. 한창 바쁘실 텐데 일 보세요."

"와주셔서 정말 감사했습니다. 시나리오 기대하고 있겠습니다."

재건은 채린과 함께 나란히 극장을 나섰다.

따사로운 햇살 아래서 착잡했던 마음이 차츰 풀어졌다.

5월을 코앞에 두고 그는 카디건을 벗었다. 입가에는 미소를 머금고 있었다. 그간 보이지 않는 곳에서 배우가 되기 위해 피나게 노력했을 그녀를 떠올리면서.

66장
어디 가지 마

"편집장님, 반디 앤 루니아 베스트셀러 10위 안착했습니다. 이번에도 반응이 폭발적입니다."

"계속 수고해 줘요. 증쇄 일정 차질 없게 신경 써주시고요."

부하 직원이 나가고 명석은 홀로 안도의 한숨을 내쉬었다.

재건의 호러 미스터리 신작은 이번에도 어김없이 괴력을 발휘하고 있었다.

'겨자 목욕탕'은 사전 예약 물량 5만 부를 불과 몇 시간 만에 소진시키며 화려하게 등장했다. 뒤이어 며칠 간격을 두고 출간되자마자 선풍적인 반향을 불러일으켰다. 게임과 영화로도 제작되고 있는 상황도 저절로 마케팅에 힘을 실어주고 있었다.

'닷새 만에 10위라니. 호러라고 괜히 걱정했어.'

나흘째 되던 날 8위에 올랐던 '바다가 있었다'와도 큰 차이가 없는 성적이다.

명석은 비로소 긴장을 늦출 수 있었다. 좋은 소식을 기다리고 있을 미국의 유진에게도 면목이 섰다.

드르륵!

몸을 떠는 핸드폰 액정에 유진의 이름이 떠올랐다.

명석은 웃으며 전화를 받았다.

"양반은 못 되네."

―뭔 뜬금없는 소리? 아아, 내 생각하고 있었구나? 근데 내가 딱 전화했다는 거지?

"안 그래도 내가 연락하려던 참이었으니까. 겨자 목욕탕 잘나가고 있어."

―나도 이미 다 봤어. 기사로 쫙 떴잖아. 난 이미 준비 완료야. 작가 약력, 작품 성향, 수상 경력, 샘플로 쓸 원고 번역본 50장까지 완전히 갖춰뒀어.

"여전히 신속해, 채유진 씨."

―그리고 말인데, 나 지금 LA 언니 집에 와 있거든? 여기서 내가 뭘 발견했는지 알아?

"흐음, 뭘까. 못난이였던 어릴 때 사진?"

―이 누님은 인생 단 한순간도 못난이일 때가 없었단다.

지금의 실언에 대해선 조만간 만났을 때 톡톡히 응징을 해 주도록 하겠어. 내가 여기서 발견한 건 하재건 작가님 소설이야.

"무슨 소설?"

—더 브레스.

"아, 그 판타지 나도 읽었지."

—조카 친구가 열심히 읽고 있더라. 어디서 났냐고 물어보니까 한인들 사이에서 번역본이 알음알음으로 돈다더라고. 엄청 재밌다고 난리던데?

명석은 세계로 뻗어 나가는 재건의 위력을 새삼스레 실감했다.

역시 재미있는 글은 세계 어느 국가를 막론하고 먹힌다.

"하 선생님 필명 풍천유로 나간 작품 중에 제일 많이 팔렸어. 완결난 지가 오랜데 아직도 인기가 상당해."

—그래? 나도 한번 읽어봐야겠다. 이거 어쩌면 하재건 씨보다 풍천유 씨가 먼저 미국 시장에서 홈런 때리는 거 아닌지 몰라.

똑똑.

그때 문 밖에서 노크 소리가 울렸다.

명석은 투자 배급사 뉴던과의 약속이 있었음을 상기하고 유진에게 말했다.

"유진아, 나 이제 일 있어서 나가봐야 돼."

─알았어. 나중에 또 얘기해.

전화를 끊고 난 명석이 일어섰다.

문을 열고 들어온 부하 직원이 그에게 보고를 올렸다.

"뉴던 프로덕션 팀장님 오셨습니다. 어떻게 할까요?"

"아, 미안해요. 겨자 목욕탕 투자 문제로 미팅이 있었는데 정신이 없어서. 제가 나가보죠."

명석이 옷매무새를 추스르고 문 밖으로 나섰다. 웅성그룹 최고의 작가를 위해서 그는 걸음을 서두르고 있었다.

BIG LIFE

넥션 모바일 기획 팀 사무실.

"이 팀장님, 책이 잘나가니까 게임도 알아서 광고가 되는 느낌이에요. 겨자 목욕탕으로 유입 숫자가 장난이 아닌데요?"

인터넷을 검색하던 한 직원이 놀란 어조로 말했다.

회의를 앞두고 자료를 정리하던 수희가 모니터 밖으로 얼굴을 빼고 웃었다.

"정말 그러네요. 마케팅 팀에 전화해야겠어요. 이참에 광고비 아껴서 우리 쇠고기 회식하자고요."

팀원들 사이에 즐거운 웃음이 터졌다.

'오스카의 던전'과 더불어 '겨자 목욕탕' 역시 개발이 순조롭게 진행되는 중이었다. 개발 속도가 예상보다 빨랐다. 늦여름 전에는 무난히 출시되겠다고 모두가 점치고 있었다.

"자, 여러분. 회의 들어가셔야죠."

수희가 직원들을 대동하고 소회의실로 들어섰다.

규호는 이미 와 있었다. 정중앙의 의자에 앉아 지나간 회의록을 검토하고 있었다.

"다들 오셨죠? 시작합시다."

규호가 회의록을 내려놓고 언제나 그랬듯이 짤막하게 말했다. 대만에 설립할 지사 문제가 오늘 회의의 주제였다.

"반드시 설립해야 한다고 생각합니다."

회의 시작부터 수희가 강경한 어조로 나섰다.

"콤투스와 게임빈도 이미 대만 시장을 겨냥하고 움직이고 있어요. 저희는 지금부터 시작해도 빠른 게 아니라고 생각합니다. 중국과는 경우가 다르니까요. 대만, 홍콩, 마카오, 이쪽은 저희가 직접 서비스를 해야 합니다. 유저들의 반응에 실시간으로 대응하면서 현지에서 경쟁력을 강화시키기 위해서요."

규호는 콧등을 울리면서 묵묵히 의견을 듣고 있었다.

내색을 하지 않을 뿐이지, 이미 그도 수희의 의견에 찬성

하는 쪽이었다.

대만 시장은 최근 구글 플레이 5대 마켓에 포함될 정도로 성장했다. 국가별 매출 순위도 전 세계 4위를 차지할 만큼 시장이 몰라보게 커졌다.

다른 직원도 차례차례 바통을 이어받았다.

"광고를 한 만큼 수익을 뽑아낼 수 있는 최적의 시장이라고 생각합니다. 게임을 하면서 한 번도 과금을 한 적이 없는 국내 유저들에 비해 대만 유저들은 콘텐츠 구매력도 강력하고요."

"대만 개발자들이 죄다 중국으로 빠져 버려서 자체 개발사가 턱없이 부족하다는 점도 메리트입니다. 저 역시 하루빨리 지사를 설립해야 한다는 의견입니다."

"저도 같은 의견입니다. 오스카의 던전 완성이 코앞이니 서두르는 편이 좋을 것 같습니다."

규호가 턱 밑을 긁으며 고개를 두어 번 끄덕였다.

모두의 시선 속에서 얼마간 생각한 끝에 그는 나직이 입을 열었다.

"보낼 사람을 정해야 할 텐데……."

"제가 가겠습니다. 마땅히 제가 가야 할 일이기도 하고요."

수희가 기다렸다는 듯이 대답했다. 그녀가 이렇게 나오리라고 예상했으면서도 규호는 짧은 한숨을 뱉어냈다.

'내가 이럴 줄 알았지.'

보내고 싶지 않은 것이 규호의 솔직한 심정이었다. 오래전부터 수희를 업무적으로 신뢰하고 또 지지해 왔기 때문이다. 일의 중요도를 떠나서 그녀가 곁에 없으면 불안해질 정도였다.

수희의 유능함은 그녀가 자리를 비웠을 때 특히 빛을 발했다. 아주 간단할 것 같았던 업무도 그녀의 부재중에 진행되면 전혀 예상치도 못한 부분에서 문제가 발생하곤 했다.

규호도 일 잘한다는 소리를 듣는 사람이었다. 그런 그가 진심으로 인정하는 사람이 수희였다. 그녀의 보좌가 있었기에 그만큼 자신이 돋보일 수 있었다는 사실을 그는 잘 알았다.

"인원 꾸려봐요."

이윽고 규호가 탁자를 손가락으로 또드락거리며 말했다.

수희는 싱긋 웃으며 고개를 끄덕였다.

한껏 부푼 가슴이 콩닥콩닥 뛰고 있었다.

재건의 작품으로 만들어진 게임을 대만 시장에 직접 선보일 수 있게 되었으므로.

"오늘 회식합시다. 이 팀장님 대만 가시면 한참 못 볼 테니까."

말을 마친 규호가 가장 먼저 회의실을 나섰다. 줄곧 태연

함을 유지했던 그의 얼굴이 문턱을 넘는 순간부터 울상으로
변했다.

BIG LIFE

—뭐 이렇게 세상이 불공평하냐? 나는 발에 땀나도록 중국
전 지역을 뛰어다니고 있는데, 어? 넌 편하게 한국에 앉아서
중국 진출을 해?

"그럼 바꿀까?"

—그래, 바꿔. 내가 소설 쓸 테니까 네가 여기 와서 예능
나가.

반팔 셔츠를 입어도 춥지 않은 5월의 한낮.

재건은 집 정원을 거닐며 도준과 통화하고 있었다.

"며칠에 돌아온다고 그랬더라?"

—25일 밤 비행기로 간다.

"바로 다음 날이 백송예술대상인데 빠듯하겠군."

—재회의 술 한잔은 시상식 끝나고 하자. 수상 트로피를
안주 삼아서 말이지.

"누가 들으면 벌써 인기상에 남우 주연상까지 다 결정된
줄 알겠다. 기대가 너무 크면 실망도 클 수 있어."

—해본 소리야. 아, 맞아. 채린이한테 얘기 들었어. 겨자

목욕탕 OST 채린이가 부르게 된 거 네 덕이라면서? 채린이가 너한테 엄청나게 고마워하더라.

"내 덕은 무슨. 소녀 전쟁 시사회 때 채린이랑 같이 간 걸음악 감독이 본 거야. 채린이 음색 원래 좋아했다더라고. 채린이가 노래 잘하잖아."

—뭐, 난 썩 잘하는지는 모르겠는데.

"복면노래왕 나가서 우승까지 한 사람인데 썩 잘하는지 모르겠다고? 어, 도준아. 미안한데 나 전화 들어온다. 내가 이따가 다시 걸게."

재건이 재빨리 통화를 전환시키고 대답했다.

"네, 권 대표님."

—목소리 잊어버리겠어요. 별일 없으시죠?

밝은 목소리로 안부를 묻는 상대는 태원이었다.

—그러고 보니 하 작가님, 오늘 겨자 목욕탕 사인회 하시는 날 아니에요?

"네, 안 그래도 조금 이따 출발하려고요."

—바쁘시겠어요. 사인회에, 백송예술대상도 참가하셔야 하고, 겨자 목욕탕 영화 시나리오에 게임 퀘스트에, 여기에 저 주실 오스카의 던전까지 한두 가지가 아니네요.

"그렇게 길게 읊으시는 것만큼 힘들지는 않아요. 사실 게임 쪽은 제가 크게 할 일이 없더라고요. 스토리 전개에 따라서 변수 만드는 거라. 오히려 이런 건 넥션 기획 팀원들이 훨씬 잘하는 일이구요."

ㅡ잘됐네요. 건강 챙기시면서 쓰세요. 아, 사실 좋은 소식이 있어서 이렇게 전화 드렸어요.

"좋은 소식이요?"

재건이 두 눈을 동그랗게 뜨고 되물었다.

태원이 좋은 소식이라고 했으면 어지간한 일은 아닐 테니까.

ㅡ저 넥션에서 전화 받았어요.

"넥션에서요? 무슨 일로요?"

ㅡ중국 틴센트 쪽에서 연락이 왔대요. 오스카의 던전 원작 소설 정식으로 번역해서 전자책 서비스하고 싶다고요.

"아아, 네."

재건은 얼떨떨한 얼굴로 대답했다.

언젠가는 이런 날이 오리라고 기대하고 있었지만 이토록 빠를 줄이야. 아직 게임은 출시되지도 않았는데.

"소미 씨 웹툰이 반응이 정말 좋긴 한 것 같은데요."

ㅡ하하하, 여하튼 13억 5,000만 명이 사는 나라에 오스카의 던전이 수출되는 거예요. 저는 더 브레스가 먼저 치고 나갈 줄 알았는데 일이 이렇게 되네요.

등 뒤에서 문득 기척이 일어 재건은 돌아보았다. 외출할

채비를 마친 수희가 원피스 치맛자락을 하늘거리며 걸어오고 있었다.

재건은 이 기쁜 소식을 가장 먼저 전해 주고 싶은 그녀를 향해 한껏 미소를 던졌다.

─자세한 사항은 이야기 진행되는 대로 다시 연락드릴게요. 사인회 가셔야 하는데 말이 길어졌네요. 죄송해요, 하 작가님.

"아닙니다. 그럼 연락 주시고요. 좋은 하루 되세요."

재건이 전화를 끊었다.

다가온 수희가 그의 어깨에 붙은 먼지를 떼어내며 물었다.

"무슨 좋은 얘기야?"

"래프북스 대표님이신데, 오스카의 던전 중국에서 전자책으로 나가게 될 것 같아. 틴센트 쪽에서 그렇게 하자고 제의가 왔다던데, 너도 혹시 알고 있었어?"

수희는 묘한 웃음으로 대답을 대신했다. 그러고는 발돋움을 하고 서서 재건의 목을 두 팔로 끌어안았다.

"우리 하재건 작가님 중국부터 정복하시네."

"알고 있었지, 너? 빨리 말해."

"하, 하지 마. 아흐흣!"

수희가 웃음을 참지 못하고 쪼그려 앉았다. 재건은 등 뒤로 돌아가서 그녀의 허리를 간질였다. 발치에 선 리카는 깨가 쏟아지는 두 사람을 멀거니 올려다보고 있었다.

행복한 시절이다.

지나간 과거가 아니라 현재의 순간이다.

사랑하는 수희가 손만 뻗으면 닿을 수 있는 눈앞에 있다. 이것으로 충분했다. 재건은 더 이상 바랄 것이 없었다.

"어디 가지 마라."

장난을 끝낸 재건이 수희를 품 안 가득 끌어안으며 말했다.

"너무 좋아서 불안하다, 마음이."

"무슨 말이 그래……."

수희는 그렇게만 얼버무렸을 뿐 말을 이을 수가 없었다.

속이 뜨끔했던 까닭이다.

그 일에 관해서는 오늘 저녁 식사를 한 이후에 밝힐 예정이었다. 재건이 공연히 마음을 쓰게 될까 봐 염려해서였다.

"오늘도 눈부셔, 이수희. 명경예대 졸업생 통틀어서도 역대 퀸카 1위일 거야."

재건이 너스레를 떨며 수희의 흐트러진 가슴 앞섶을 고쳐 주었다.

화사하면서도 단아한 원피스는 사인회 때문에 챙겨 입은 것이 아니었다. 그보다 훨씬 중요한 일정이 오늘 밤 두 사람을 기다리고 있었다.

"슬슬 출발할까."

"그래야지. 리카도 데려갈 거지?"

"어, 연우가 봐주기로 했어. 서점에서 만날 거야."

'겨자 목욕탕' 사인회는 이번에도 반디 앤 루니아 본점에서 열렸다.

어김없이 대성황이었다.

애독자들은 오래도록 기다렸던 재건의 신작을 챙겨 기꺼이 찾아와 줬다. 무려 제주도에서부터 찾아온 독자도 있어 재건의 가슴을 뭉클하게 만들었다.

'이러니까 허투루 쓸 수가 없지.'

사인회를 할 때마다 지나간 나날과 지금의 자신을 되돌아보게 된다. 독자의 책에 사인을 한 번 할 때마다 반성하고 또 성장한다. 그러한 감각이 재건은 좋았다.

"선생님, 바다가 있었다 백송예술대상 나가죠? 선생님 각본상 꼭 수상하시길 바랄게요."

"신작 너무 무서웠어요. 슬프기도 하고요. 요즘 제 친구들이랑 겨자 목욕탕 말고는 하는 얘기가 없어요."

줄을 이은 독자들이 저마다 격려와 응원을 전해 왔다. 낯익은 얼굴들도 이따금 눈에 띄었다.

"선배님, 저희 왔어요! 저희는 사인해 주시고 사진도 한 방 같이 찍어주세요!"

"서지수, 정예인. 요즘 연애해? 갈수록 예뻐지네."

"연애는요, 무슨. 과제만 해도 한 주가 훅 가요. 학교 언제 한번 안 오세요? 놀러 오세요, 선배님!"

수희는 멀찍이 자리한 서점 내 카페에서 사인회 광경을 바라보고 있었다.

이미 원피스녀라는 칭호까지 얻은 마당에 나서서 이목을 끌고 싶지는 않았다. SNS에 퍼지면 또 수많은 사람이 보게 될 것이고 온갖 억측을 이끌어 낼 테니까.

'정말로 애가 변한 걸까.'

수희는 문득 미국으로 떠난 명훈을 생각했다.

재건과의 관계를 아직 세상으로부터 숨기고 있는 가장 큰 이유가 바로 그 때문이었다.

'바다가 있었다' 해외시장 마케팅은 명훈의 몫이다. 그 성격에 수틀리면 재건의 작품에 무슨 험한 짓을 해댈지 수희는 장담할 수 없었다.

심지어 명훈은 웅성출판그룹의 차남이다. 오래지 않아 공부를 끝내면 자연스레 임원진으로 발돋움할 것이다. 마음에 안 드는 작가 한 명쯤은 거대한 능력과 배경으로 서슴없이 짓밟을 수도 있으리라.

"내가 너무 걱정이 과한 건지도……."

수희가 나직이 중얼거렸다.

"채린이다!!"

"어디! 어디!"

문득 웅성임이 커져서 돌아보니 사인회장 주변에 일대 소란이 벌어지고 있었다.

사인을 받기 위해 마스크를 쓰고 잠입한 채린의 정체가 발각된 참이었다.

BIG LIFE

"안녕하세요, 아버님. 이수희라고 합니다. 이렇게 초대해 주셔서 정말 감사합니다."

수희가 쇼핑백을 든 두 손을 앞으로 모으고 정중하게 인사했다. 석재는 그 앞에 우두커니 서서 움직일 생각을 하지 않았다. 어안이 벙벙해진 표정으로 수희의 얼굴만 쳐다보고 있었다.

"아버지, 어머니랑 누나는요?"

옆에 선 재건이 물었다. 그제야 석재는 쭈뼛쭈뼛 정신을 차리고는 헛기침부터 했다.

"아, 그…… 네가 굴이랑 삼치 좋아하는데 깜박했다고 마트 가셨다. 금세 돌아올 거라더니……."

어딘지 편안하지 못한 석재의 목소리가 재건을 걱정스럽

게 만들었다. 심지어 아주 큰일이라도 겪은 것처럼 목덜미마저 뻣뻣해 보였다.

집에 무슨 일이라도 있었던 걸까.

재건은 석재의 어깨 너머로 거실을 들여다보았다. TV가 켜진 밝은 거실 분위기는 언제나 그랬듯이 따스하기만 했다.

"아버지, 뭔 일 있으세요?"

"아무 일도 없다. 저어, 안으로 들어오시지요."

"네, 그럼 실례하겠습니다."

석재가 직접 방석을 가져다 거실 바닥에 놓아주었다. 방석 위로 무릎을 꿇듯이 앉는 수희에게 재건이 속삭였다.

"편하게 앉아 있어."

"편해. 괜찮아."

석재가 옆의 방석에 양반다리를 하고 앉으며 TV를 바라보았다.

마침 흘러나오는 일기예보를 보며 그는 지나가듯이 말했다.

"요즘 일기예보는 갈수록 안 맞지요."

"아, 네. 아버님."

"과학기술이 그렇게 발전하는데도 말이에요."

"저도 조금 이상하다고 생각해요."

"경제도 영 안 좋고……."

"네, 정말 그래요."

"조선업도 불황이 심해서…….."

석재는 수희와의 대화를 잇기 위해 나름 고군분투하고 있었다. 하지만 도무지 이야기가 이어지질 않는 것이다.

아니나 다를까.

석재는 평소의 무뚝뚝한 표정으로 일어서더니 안방으로 자취를 감췄다.

그가 사라지자마자 재건이 내내 참고 있던 웃음을 작게 터뜨렸다.

"왜 웃어?"

"우리 아버지 귀여우셔서. 긴장하셔서 말씀도 잘 못 하시는 거 봐."

"내가 마음에 안 드시는 거 아닐까? 혹시 나 뭐 잘못한 거 있니?"

"그럴 리가. 네가 너무 예뻐서 당황하신 거야."

몇 분이 지나자 안방으로 들어갔던 석재가 다시 나타났다.

아무렇지도 않은 척 앉는 그를 힐끗 보고 재건은 또 한 번 웃음을 터뜨릴 뻔했다.

조금 전까지 걸치고 있던 후줄근한 티셔츠가 아니었다. 깔끔한 셔츠와 카디건으로 옷차림이 바뀌어 있었다.

"다른 데 틀까요?"

"아닙니다. 아버님 보시고 싶으신 곳 보세요."

"뭐 나야 언제나 뉴스인데……."

석재가 리모컨을 손에 잡고 망설였다가 다시 내려놓았다. 면접이라도 보는 사람처럼 의연한 표정으로 등허리는 꼿꼿이 세우고 있었다.

그 자세는 아내와 딸이 돌아올 때까지 흐트러지지 않았다.

"어머! 수희 씨 왔어?!"

시간이 지나 마트에 갔던 명자와 재인이 돌아왔다. 그들의 손에 쥐어진 쇼핑백을 받아 들며 수희가 인사했다.

"네, 어머님. 그간 안녕하셨어요."

"수희 씨 오늘도 엄청 이쁘네. 재건아, 수희 씨만 데려왔어? 정진이는 안 부르고?"

"어, 정진이는 일이 있어서 다음에."

명자가 환한 표정으로 손뼉을 짝 쳤다.

"그럼 빨리 저녁 준비해야지. 수희 씨도 배 많이 고플 텐데."

"저도 도울게요, 어머님."

"아니야, 손님이 무슨 일은."

"저도 돕게 해주세요. 적어도 방해가 되지 않을 만큼은 자신 있어요."

"그래, 엄마. 수희 씨 요리 엄청 잘해. 내가 전에도 말했잖아."

"아아, 맞다. 오호호. 그럼 수희 씨한테 생선구이 부탁 좀 해볼까?"

여자들이 식재료를 싸 들고 우르르 사라졌다. 곧이어 주방에서 시작된 웃음소리가 집 전체를 울렸다. 웃으며 자리에 앉는 재건에게 석재가 넌지시 말했다.

"결혼할 맘먹은 여자라면 서두르는 게 좋겠다."

"⋯⋯벌써 아셨어요?"

재건이 놀란 얼굴로 돌아보고 물었다. 석재는 무심한 듯한 시선을 TV에 고정시킨 채로 말을 이었다.

"내가 나이는 들었어도 그 정도 구분 못 할 만큼 눈치 없진 않다."

"⋯⋯."

"항상 잘해줘라. 자기 여자에게 잘해야 노년에도 편하다. 나처럼."

"네, 아버지."

더 이상 이어지는 말은 없었다. 하지만 두 부자의 대화는 침묵만으로도 제 기능을 발휘했다.

자신만큼 수희를 좋아해 주는 가족들이 고마워서 재건은 내내 입가에 미소를 그리고 있었다.

주방에서 울리는 여자들의 웃음소리도 그칠 줄을 몰랐다.

"감독님⋯⋯?!"

투자 배급사 뉴던의 한 사무실.

감독 태성과 예슬이 마주 앉아 있었다.

돈 봉투를 꼭 쥔 예슬의 두 손이 파르르 떨렸다.

이제 막 태성으로부터 건네받은 돈이었다. 얄팍한 금액의 출연료가 아니다. 태성의 개인적인 후원이었다.

"그 돈이면 한동안 생활에 무리 없겠지요. 편의점은 최대한 빠른 시일 안에 그만둬요. 영화도 그렇고 갈수록 불러댈 일이 많을 테니까."

"고맙습니다, 감독님. 하지만 이 돈은 받기가⋯⋯."

태성이 짐짓 험악하게 눈매를 뒤틀었다.

"집중할 때 집중해요. 홍예슬 씨 내가 뽑았습니다. 개떡 같은 연기로 내 얼굴에 먹칠할 생각이라면 아예 지금 그만둬요. 액수 얼마 되지도 않아요. 누가 보면 자동차 한 대 값이라도 준 줄 알겠네."

태성이 어이없다는 듯이 혀를 차며 일어섰다. 빨리 이 대화를 끝내고 싶어서 일부러 거칠게 행동했다. 그런 그의 마음을 어렴풋이 이해한 예슬은 더 말을 붙이지 못했다.

"슬슬 나가봐야겠네요. 도준 씨 만날 시간이라. 예슬 씨는 먼저 돌아가세요."

태성이 핸드폰을 꺼내 들며 말했다.

예슬이 엉거주춤 자리에서 일어섰다.

다시 한 번 고맙다는 말을 하려고 입을 여는 찰나에 태성이 고개를 홱 치켜들었다.

"저 지금부터 전화해야 하니까 더 말 걸지 마세요."

"……네, 감독님. 정말 고맙습니다."

"거참, 말 걸지 말라니까."

돌아선 예슬은 미간을 좁히고 웃으며 문을 열었다.

출구까지 길게 이어진 복도를 관통하면서 그녀는 다시 한 번 연기자로서의 각오를 굳혔다. 보잘것없는 자신을 믿어주는 태성을 위해서라도.

예슬이 막 출입문을 열고 나섰을 때였다. 문간에 서서 대화를 나누고 있던 사람들이 무심코 그녀를 돌아보았다. 그들 중 한 사람은 감독 재훈이었다.

"누구야, 쟤는?"

재훈이 담배를 꺼내 입에 물며 물었다.

매니저가 즉각 담배에 불을 붙여주고는 대답했다.

"홍예슬이요. 겨자 목욕탕에서 여고생 배역 맡았어요."

재훈의 이맛살에 깊은 주름이 새겨졌다.

'겨자 목욕탕'은 재건의 소설이다. 게다가 그걸 영화로 만

드는 감독은 태성이다. 어딜 봐도 마음에 안 드는 인간들뿐
이었다.

"윤태성이가 저 배우 엄청 맘에 드나 봐요. 소녀 전쟁에서
는 주인공도 했었잖아요."

매니저 옆의 프로덕션 팀 대리가 중얼거리며 끼어들었다.

"쟤 김나연이랑 친한 언니 동생 사이라던데."

"그래?"

"어, 바다가 있었다에 보조로 출연한 것도 김나연이랑 인
연 있어서 같이 갔다가 된 거잖아. 김나연 지금 잠수지?"

"룸녀 사건 터지고 시골 내려갔다면서. 혹시 홍예슬인가
쟤도 그쪽 출신 아냐? 감독님 생각은 어떠세요?"

재훈이 한껏 빨아들인 담배 연기를 훅 내뿜었다. 거칠고
투박한 입술을 흉하게 말아 올리며 그는 이죽거렸다.

"그보다 더 심한 걸로 먹고 살았을지도 모르지. 천박한 것
들은 끼리끼리 논다고, 그 속을 누가 알아?"

말을 마친 재훈이 담배를 바닥에 아무렇게나 내던졌다. 문
득 코앞으로 한 사람의 그림자가 드리워졌다. 고개를 든 재
훈은 몸을 움찔 떨었다. 어느새 나타난 태성이 싸늘한 눈초
리를 던지며 서 있었다.

"말조심하시는 게 좋을 겁니다."

"⋯⋯?!"

"혹시라도 없는 말 여기저기 뿌리고 다니시면 제가 가만히 있지 않을 겁니다."

"뭐, 뭐가 어째……?! 지금 뭐라고 했어! 어?"

"아이구, 감독님. 참으세요."

매니저와 대리가 폭발하는 재훈을 뜯어말렸다.

태성은 태연히 돌아서서 주차된 자신의 차로 걸음을 내디뎠다.

더 이상 말할 것도 없었다. 감독끼리의 대화는 각자가 만드는 영화로 대신하면 될 일이다.

"대만?"

재건이 찌개를 한 숟가락 뜨다 말고 멈췄다. 퇴근하고 집으로 찾아온 수희와 단둘이 갖는 저녁 식사 시간이었다.

"네가 대만을 왜 가?"

"지사 설립 때문에. 메인은 아니고 보조하러 가는 거야."

"언제 가는데?"

"아마도 여름 전에는 가게 될 것 같아."

"그걸 왜 이제 말했어?"

"네가 신경 쓸까 봐 걱정돼서……. 아버님이랑 어머님 뵙기 전에 얘기하기가 조금 그랬어. 미안해."

입맛을 잃은 재건이 숟가락을 내려놓았다.

줄곧 단란했던 분위기가 한순간에 깨졌다. 침묵 속에서 수희는 곤혹으로 입술을 깨물고 있었다.

"가면…….."

한참이나 말이 없던 재건이 한숨과 함께 입을 열었다.

"가면 얼마나 있다가 돌아와?"

"6개월쯤."

"…….."

"재건아, 대만 그렇게 멀지 않아. 고작 2시간 조금 더 걸리는 정도인걸. 내가 시간 날 때마다 보러 올게."

"그게 말이 돼? 일하러 간 사람이."

"네가 한가할 때 관광할 겸 놀러 와도 되고."

재건이 쓴웃음을 지으며 고개를 끄덕였다.

사귄 지 얼마 지나지도 않았는데 이런 일이 생겨 버리다니.

더는 말하고 싶지 않아졌다. 입을 열었다간 퉁명스러운 말이 나와 버릴 것 같아서였다.

"화났지……?"

수희가 양어깨를 움츠린 채 조심스레 물었다.

재건은 고개를 가로젓고 자리에서 일어섰다. 공기에는 다 먹지 못한 밥이 절반 이상 남아 있었다.

"밥 남겨서 미안한데 나중에 먹을게. 커피나 한잔해야

겠어."

재건이 머그컵을 들고 커피메이커로 가 섰다. 등 뒤로 다가온 수희가 그의 허리를 양팔로 끌어안았다.

"나 정말 네 게임 대만에서 크게 성공했으면 좋겠어."

우두커니 선 재건의 등에 얼굴을 묻고서 수희는 말했다.

"네 작품으로 만들어진 게임이잖아. 그리고 네 여친은 그 게임을 만든 사람이야. 각별해질 수밖에 없잖아. 대만에 가려는 내 마음 이해해 줬으면 좋겠어."

"이해해."

"정말?"

재건이 수희의 팔을 풀고 돌아섰다. 조금은 화가 난 기색으로 내려다보며 그는 말했다.

"내가 기계는 아니잖아. 머리로는 이해하지만 마음으로 수긍하려면 시간이 좀 있어야지."

"응⋯⋯."

재건은 커피를 들고 수희를 지나쳤다. 거실로 나와 소파에 앉자 리카가 무릎 위로 올라왔다. 측은한 눈빛으로 올려다보는 리카와 시선을 교환하고 있으려니 재건은 더욱이 착잡해졌다.

드르륵!

진동하는 핸드폰을 꺼내 보니 도준이었다.

재건은 겸사겸사 머리를 식힐 겸 정원으로 나서며 전화를 받았다.

"어, 도준아. 벌써 온 거야?"

─예정보다 두 시간 빨리 왔다. 어디야? 사무실?

"아니, 오늘은 집에 있어."

─그렇군. 윤태성 감독님이랑 차 한잔 마셨어. 이제 너한테 가려고 한다. 가도 되지?

재건은 수희 때문에 대답을 망설였다.

그사이에 도준이 빠르게 말을 이었다.

─너한테 줄 선물만 트렁크 한가득이다. 20분 내로 갈 테니까 기대하고 있어라. 내일부터는 정신없이 바빠져서 한동안 보기 어려울 거야.

"도준아, 근데 지금……."

─태봉이 형! 여기야, 여기! 야, 재건아. 일단 끊자. 좀 이따 봐.

말을 덧붙일 틈도 없이 전화가 뚝 끊겼다.

별수 없이 재건은 집으로 되돌아와 수희에게 양해를 구했다. 도준이 올 거라고 사정을 설명하자 그녀는 반색하고 대꾸했다.

"피곤하실 텐데 선물 사 들고 와준다니, 정말 좋은 친구네. 나는 아무렇지도 않으니까 염려하지 말고."

"내일도 바쁘니까 오래 있지는 않을 거야."

"오래 있어도 돼. 네 덕에 나도 우주 대스타 용안을 가까이서 보게 생겼네."

수희의 너스레에도 재건은 웃음이 나오지 않았다. 대만으로 떠난다는 이야기를 들은 게 불과 몇 분 전의 일이다. 수희도 금세 웃음을 지우고 처연한 두 눈을 내리깔았다.

"설거지 놔둬. 내가 할게."

"아니야, 내가 하면 돼. 도준 씨 오기 전에 깔끔하게 정리해 놔야지. 넌 거실에서 쉬고 있어."

도준이 도착하기까지 재건과 수희는 한 마디 대화도 나누지 않았다.

이윽고 인터폰이 울리자 멍하니 앉아 있던 재건은 슬리퍼를 신고 나섰다.

"정말 금방 왔네. 태봉이 형, 안녕하세요."

"헤헤, 작가님. 안녕하셨어요?"

운전석에서 내려선 매니저 태봉이 정중히 인사했다.

뒤를 이어 내린 도준이 선글라스를 벗었다.

그는 재건과 인사를 나누기에 앞서 주변을 빠르게 돌아보았다. 얼굴에 경계심이 그득했다.

"태봉이 형, 확실히 떨어져 나간 거 맞지?"

"걱정하지 말라니까."

"무슨 일 있었어요?"

재건의 물음에 태봉이 설명했다.

"기자들이 공항부터 따라붙어서요. 차 한 대가 집요하게 쫓아오기에 떼어내는 데 애 좀 먹었습니다. 기억에 없는 차인데. 다스팻치 기자들인가."

"그건 이제 됐고. 재건아, 이리 와서 좀 봐. 내가 널 얼마나 격하게 아끼는지 증명해 주마."

도준이 재건을 옆에 두고 트렁크를 열었다.

중국의 유명한 각종 술과 차, 크고 작은 인형들에 이어 여성용 전통 복장도 보였다.

"술이랑 차는 네가 알아서 먹으면 되겠고, 이건 치파오라고 하는 건데 채린이가 입으면 좋을 거 같아서 하나 산 김에 네 것도 샀다."

"나는 왜?"

도준이 씩 웃으며 팔꿈치로 재건의 허리를 쳤다.

"너도 여자 친구 만들어서 입히라고. 내 축복을 받았으니 조만간 애인 생길 거다."

재건은 웃으며 선물을 두 손 가득 받아 들었다.

혼자서는 다 들 수 없어 태봉과 도준이 반씩 나눠 들었다.

"재건아, 너 저거 언제까지 탈 거냐?"

도준이 재건의 차를 턱짓으로 가리키며 물었다.

앞 범퍼 여기저기가 긁힌 데다 한동안 세차도 하지 않아 유난히 허름해 보였다.

"음, 적어도 10년은 타야 하지 않을까?"

"좀 바꿔. 너 나보다도 훨씬 잘 벌면서 아반테가 뭐냐?"

"차야 잘 달리기만 하면 됐지."

"아 진짜, 성질나서 내가 한 대 사주고 싶네. 너 생일 언제야?"

"차는 벌써 이렇게 잔뜩 받았는데 뭘 또 사줘."

재건이 손에 든 중국 차 세트를 들어 보이며 웃었다.

도준은 어이가 없어서 멍하니 쳐다보고는 헛웃음을 터뜨렸다.

"어? 뭐야? 집에 누구 오셨어?"

현관에 놓인 수희의 구두를 보고 도준이 물었다.

재건이 먼저 신발을 벗고 거실로 올라섰다. 주방에서 일을 마친 수희가 모두의 앞에 나타났다. 도준과 태봉은 약속이나 한 것처럼 동시에 두 눈을 치켜떴다.

"안녕하세요. 이수희라고 해요. 처음 뵙겠습니다."

"안녕하세요. 아, 혹시 그……."

도준이 말끝을 흐리고는 재건에게 속삭이듯 물었다.

"혹시 그 원피스녀라고 인터넷에 올라오셨던……?"

"맞아."

"너 설마 저분이랑 지금 사귀는?"

"그것도 맞아."

도준은 한동안 아무 말도 못 하고 재건과 수희만 번갈아 쳐다보았다. 그러더니 갑자기 허리를 펴고는 수희에게 경례를 하는 것이었다.

"죄송한데 재건이한테 암바 한 번만 걸겠습니다."

"……네?"

수희가 말뜻을 알아듣지 못하고 어안이 벙벙해졌다.

곧바로 도준이 재건을 소파에 쓰러뜨리더니 이종격투기 선수처럼 그의 팔을 붙잡고 꺾는 시늉을 했다. 이토록 아름다운 여자와 사귀면서 비밀로 한 것에 대한 벌이었다.

도준의 장난에도 여전히 솔직하게 웃을 수가 없는 재건이었다.

67장
두려움에 떨어라

"이제 거의 다 왔어요, 아버지."

"급할 거 없으니 천천히 몰아라."

"수희도 왔으면 좋았을 텐데."

"엄마도 참. 직장인이 업무 시간에 제 맘대로 여기저기 쏘다닐 수 있으면 그게 어디 직장인이야?"

재건의 차에 온 가족이 몸을 싣고 있었다. 목적지는 백송 예술대상이 열리는 사교의 전당. 차가 다소 막히는 게 역시 일찌감치 출발해서 다행이었다.

"아침에 다시 세차를 했으면 좋았을 텐데. 아까 탈 때 보니까 차 너무 지저분하더라."

재인이 색 바랜 의자 곳곳의 먼지를 쓸어내며 푸념했다.

한복을 곱게 차려입은 곁의 명자도 그 말에 동조했다.

"재건아, 날 잡아서 언제 차 좀 손봐. 아까 탈 때 보니까 범퍼만이 아니라 문짝에도 금 갔더라."

"그래요? 난 왜 한 번도 못 봤지."

명자가 몸을 뒤로 빼며 혀를 끌끌 찼다.

"내 아들이지만 어쩜 저렇게 둔감할까. 글 안 썼으면 어떻게 살 뻔했어? 저러니까 수희처럼 예쁜 애를 여태까지 그토록 애먹였지."

"아니, 엄마는 여기서 또 수희 말을 왜 하셔."

드르륵!

핸드폰이 울리며 명석으로부터 전화가 걸려왔다.

재건은 귀에 이어폰을 꽂고 즉시 받았다.

"네, 편집장님."

─안녕하세요, 선생님. 오시는 중이시죠? 저는 도착했는데 어디쯤이신가 해서요.

"이제 한 오 분이면 도착하겠는데요."

─여기 전용 주차장 들어오는 길 아시죠? 발레파킹이니까 주차는 직원에게 맡기시면 되고요.

"기억하고 있습니다. 금방 가서 뵙겠습니다."

─네, 기다리고 있을게요.

재건은 약속한 시간보다 조금 일찍 도착했다. 미리 약도를 보고 기억해 둔 덕분에 헤매는 일 없이 전용 주차장 쪽으로 진입할 수 있었다.

"와…… 외제차 밭이네."

재인이 두 눈을 휘둥그레 뜨고 중얼거렸다.

길게 줄을 이으며 선 차가 하나같이 값비싼 외제차뿐이었다. 바로 코앞의 차도 영화에서나 봤을 법한 노란색 스포츠카였다.

"재건아, 저거 차 기종이 뭐지?"

"내가 차를 잘 몰라서……. 범블비 아니야?"

"야, 그건 로봇 이름이고. 어머, 뒤차도 스포츠카야. 어? 저거 운전하는 사람 탤런트 걔, 오우빈 아니니?!"

"오우빈? 내 딸 금오월 주인공? 어, 어디 엄마도 좀 봐."

"하여간 난리법석들은……! 재건이 운전하는 데 방해하지 말고 얌전히들 좀 가."

"저는 괜찮아요, 아버지. 거의 다 왔는데요."

느릿하게 차들이 주차장으로 들어서고 드디어 재건의 차례가 왔다.

주차를 담당하는 직원 하나가 잰걸음으로 다가왔다. 재건을 향해 두 팔을 마구 내젓고 있었다.

"뭐라고 하는 거야?"

"혹시 여기 아닌 거 아니니?"

"여기 맞아요. 잠깐만요. 얘기해 볼게요."

재건이 고개를 갸웃거리며 창문을 내렸다.

다가와 선 직원이 상체를 숙이고 들여다보며 소리치듯 말했다.

"여기 들어오시면 안 돼요! 차 돌려요!"

"네?"

"아, 진짜. 앞에서부터 일반인 진입 금지란 소리 못 들었어요?! 여기 시상식 참가자들 전용 주차장이라고요!"

젊은 직원은 이제 갓 군에서 제대했는지 머리가 짧았다. 그는 짜증스런 기색이 역력한 표정으로 주변을 돌아보며 말을 이었다.

"아, 진짜 이게 몇 번째야. 앞차 완전히 들어가면 바로 옆으로 차 돌려요."

"이봐요."

"또 뭐요?"

"저도 백송예술대상 참가잡니다."

재건이 차분한 음성으로 말했다. 정황을 파악할 생각은 않고 언성부터 높인 상대에게 울화가 치민 것은 사실이었다. 심지어 지금은 혼자도 아니다. 온 가족이 함께 있는 것이다.

조수석의 석재는 재건을 생각해 태연함을 가장하고 있었지만 명자와 재인은 그러지 못했다. 서로 붙잡은 두 모녀의 손이 바들바들 떨리고 있었다.

"참가자…… 시라고요?"

곤혹스러워진 직원이 누그러진 목소리로 되물었다.

찌푸린 두 눈으로는 재건의 차 외관을 이리저리 훑고 있었다. 그의 식견으로는 이해되지 않았다. 이런 차를 타고 다니는 사람이 참가할 수 있는 시상식일 리가 없었다.

바로 그때.

큰 키의 한 남자가 직원의 등 뒤로 다가와 섰다.

"하재건 선생님께 무슨 드릴 말씀이라도 있어요?"

"……?!"

돌아본 직원의 얼굴이 새하얗게 질렸다.

도준이 가늘게 뜬 두 눈으로 내려다보고 있었다. 깡패로 출연했던 '바다가 있었다'에서 볼 수 있었던 살기마저 뿜어져 나오는 얼굴이었다.

"여쭤보잖아요. 하재건 선생님께 드릴 말씀이라도 있냐고."

"하, 하재건 선생님이요?"

"그래요! 내가 출연한 스무 살의 여름과 바다가 있었다 원작자시잖아! 몰라?!"

"으억!"

도준의 기세에 압도된 직원이 뒷걸음질을 치다 재건의 차

와 엉덩이를 부딪혔다.

그에게 한 걸음 다가선 도준이 으르렁거리듯 질문을 이었다.

"외부 용역이에요? 참가자 명단도 숙지를 안 하나?"

"아, 저, 정말 죄송합니다. 그게 제가, 그러니까 자꾸 일반 차량이 진입하는 바람에 제가 경황도 없고 해서…… . 정말 죄송합니다. 정말로, 정말로 죄송합니다. 하재건 선생님, 정말 죄송했습니다."

직원이 재건 쪽으로 돌아서서 몇 번이고 허리를 숙이며 사죄했다.

사실 책에 그다지 관심이 없는 그는 아직도 재건이 누구인지 잘 몰랐다. 다만 인기 스타인 도준의 말을 통해 대단한 사람이라는 걸 깨닫기는 한 참이었다.

"그만 됐습니다."

재건이 그렇게 말하며 직원의 어깨 너머로 도준을 바라보았다. 도준은 '네가 이해하라'는 눈빛으로 턱짓을 해 보였다. 재건은 쓴웃음으로 고개를 끄덕이며 그 말을 받았다.

"그럼 들어가도 되겠습니까?"

"네, 네, 네, 선생님. 이, 이쪽으로…… ."

재건이 핸들을 잡고 액셀을 밟았다.

좋은 날에 시작부터 이렇게 삐걱거리다니.

생각할수록 입맛이 썼다.

자신이야 아무래도 좋지만 당황했을 옆의 가족들을 생각하니 마음이 몹시 불편했다.

"괜찮아, 녀석아. 화낼 것도 없는 일이야."

석재가 정면을 응시한 채 한 손으로 재건의 어깨를 다독였다. 아버지의 마음씀씀이가 고맙고 또 죄송해서 재건은 코끝이 시큰거렸다.

멀찍이 선 명석이 자신을 바라보고 있는 줄도 몰랐다.

'이런……'

명석은 출입구를 통과하는 재건의 차를 피해 옆으로 몸을 숨겼다. 애초에 재건이 저지당하는 광경을 멀리서 보고 다가서던 중이었다.

명석은 뒤쪽 길로 빙 돌아 걸음을 옮겼다. 이미 벌어진 일이고 도준 덕분에 사태는 수습됐다. 조금 전의 작은 사고를 못 본 척 재건과 만날 생각이었다.

한편, 차를 직원에게 맡기고 난 재건의 가족들은 도준과 인사를 나누고 있었다.

"어머머! 어머머! 어머머!"

명자와 재인은 턱시도를 입은 인기 배우의 실물을 코앞에서 보게 되어 어쩔 줄을 몰라 했다.

심지어 재건이 쓴 작품의 주연인 것이다.

"어쩜, 저는 잘생긴 연예인들 보면 후광이 비친다는 말이 다 뻥인 줄 알았는데. 이렇게 실제로 보니까 정말이네!"

"어떻게 이렇게 조각한 것처럼 멋있으세요!"

도준이 짐짓 놀란 표정으로 손사래를 치며 호들갑을 떨었다.

"저야말로 엄청 놀랐어요. 아니, 재건이 얘는 가족분들이랑 같이 온다고 해놓고 웬 차에 여배우들을 태우고 왔나 생각했다니까요. 어머님과 누님, 정말 미인이십니다. 지금 이 상태에서 드레스만 입으시면 딱 시상식 후보세요."

"오호호! 무슨 농담을 그렇게까지……!"

명자와 재인은 붉어진 서로의 얼굴을 쳐다보며 웃음을 멈추지 못했다.

도준은 그들과 함께 웃어주는 한편 재건에게도 한쪽 눈을 찡긋해 보였다. 불쾌한 일은 잊어버리라는 신호 앞에 재건은 다시금 씁쓸히 웃었다.

"이제 오셨어요, 하 선생님."

"아, 편집장님."

재건이 등 뒤로 다가온 명석과 악수를 교환했다. 그런 다음 가족들에게 명석을 소개했다.

"여러 번 말씀드렸던 웅성출판그룹 오명석 편집장님이세요."

"안녕하세요. 제 아들이 정말 대단하신 분이라고 아주 입이 마르도록 이야기를 했습니다. 재건이가 더 큰 세상으로 뻗어 나갈 수 있도록 여러 도움을 주신 데에 형용할 길 없이 감사드립니다."

명자가 한복 옷고름을 붙잡고서 허리를 숙였다.

명석도 그에 맞춰 정중히 허리를 숙이며 답했다.

"재능이 있는 사람은 알아서 두각을 드러내게 된다고 하지 않습니까. 낭중지추라고 하재건 선생님은 어차피 드러나게 될 분이셨습니다. 딱 그 시점에 제가 운 좋게 선생님과 인연을 맺을 수 있었을 뿐입니다."

명석은 부드러운 어조로 겸손하게 말했다. 이제 처음 봤음에도 불구하고 재건 가족은 그의 언행에서 인간미를 느꼈다. 이런 사람이 재건의 주변에 머무르고 있다는 사실에도 감사할 수 있는 만남이었다.

"그러면 하 선생님. 가족분들은 제가 모시겠습니다. 도준 씨와 함께 움직이시면 되겠네요."

명석이 제안했다. 수상자 후보인 재건은 가족들과 배정된 자리가 다른 까닭이다.

"감사한 말씀이지만 죄송하니 제가……."

"저도 어차피 그쪽으로 가야 하는데요. 죄송하실 것 없습니다."

명자가 재건에게 다가와 섰다. 셔츠 깃과 넥타이를 고쳐주고 양어깨까지 툭툭 털어주고는 품에 꼭 끌어안으며 말했다.

"이따 봐, 우리 아들. 부담 같은 거 갖지 마. 이런 대단한 영화제에 참가할 수 있는 것만으로도 엄만 네가 너무 자랑스럽단다."

"그럴게요. 걱정하시지 말고 먼저 들어가세요. 아버지도 들어가시고요. 누나도 이따 봐."

명석이 재건의 가족들을 데리고 저편으로 사라졌다.

둘만 남게 되자 비로소 도준은 얼굴에서 웃음을 지우고 한숨을 내뿜었다.

"내가 차 바꾸라고 진즉에 말했지?"

"그래."

도준이 강조하듯 손가락을 세워 보였다.

"확실히 짚어두는데 난 네 잘못이라고 생각 안 한다. 근데 세상이 그래. 웃기는 거지만 그렇다고. 너한테 딜 들어가는 거야 몰라도 부모님이랑 누님이 함께 계셨는데 이런 일 당하면 안 되지. 내 생각은 그래."

"고맙다. 생각해 줘서."

"아오, 아까는 진짜 옛날 성질 나올 뻔했네."

투덜거리는 도준의 뒤로 매니저 태봉이 다가왔다.

그는 주변을 쓱 돌아보고는 조바심이 난 표정으로 말했다.

"도준아, 이제 가야지."

"아, 맞다. 재건아, 미안한테 잠깐 일이 있어. 우리 안에 들어가서 보자."

"알았어. 다녀와."

도준이 먼저 주차된 차 쪽으로 다급히 걸음을 옮겼다.

그 뒤를 따르기 전 태봉은 재건에게 나직이 이유를 알려주었다.

"레드카펫 밟으러 가야 해서요."

"······?"

"하 작가님 문제 생기신 거 보더니 행진 직전에 다짜고짜 차에서 뛰어내리더라고요."

재건은 놀라서 두 눈을 치켜떴다.

마침 근처에 있었던 것이 아니라 멀리서 발견하고 달려와 줬다는 얘기다.

불쾌한 사고 때문에 경황이 없던 탓일까.

어쩐지, 도준과 주차장에서 만난 게 이상하다는 사실을 생각조차 못 하고 있었다.

"정말 죄송하게 됐습니다. 그럼 잠시 후에 뵙지요."

태봉이 헐레벌떡 도준의 뒤를 쫓아 멀어져 갔다.

재건은 저 멀리서 차에 오르는 도준을 두 눈 가득히 담았다. 정진 이상으로 좋은 친구는 만나기 힘들 거라고 생각했던 그의 가슴 한구석이 요동치고 있었다.

BIG LIFE

최대 수용 인원 4,000명 이상의 드넓은 홀이 사람으로 빼곡하게 들어찼다.

재건의 가족들을 비롯한 관람객의 자리는 2층 전 구역이었다. 1층엔 시상식 관계자 및 감독과 배우, 그리고 스태프들을 위한 객석이 마련돼 있었다.

재건은 감독 태성과 도준, 그리고 몇몇 스태프와 함께 일렬로 자리에 앉았다.

바로 그때, 가장 왼쪽에 앉아 있던 재건의 옆으로 몹시 눈에 익은 여자가 다가와 앉았다.

"여기서 보니 반갑다."

"어, 채린아."

아이처럼 히죽 웃으며 착석하는 여자는 채린이었다. 양어깨와 가슴골이 드러난 화려한 드레스를 입고 있었다. 고풍스럽게 틀어 올린 머리에서는 한층 성숙한 아름다움이 느껴졌다.

"저 TV 예능 부문 후보예요."

"그렇구나."

대답과 동시에 재건이 도준 쪽을 힐끗 살폈다. 도준은 정면에 시선을 둔 채 이쪽은 쳐다보려고도 하지 않았다. 도준 쪽으로 눈길을 주지 않는 건 채린도 마찬가지였다.

'절대 아는 척하지 말자고 미리 얘기라도 했나 보군.'

재건은 속으로 결론을 내리고 희미하게 웃었다.

커플이라는 사실을 숨기기 위한 그들의 노력에 애틋한 마음도 조금 들었다.

"오빠, 오늘 슈트 멋있다. 작가가 아니라 연예인 같아요."

"고마워. 너도 여신이네."

"거짓말. 유리가 아줌마 같다고 엄청 놀리던데요?"

"부러워서 그러는 거야. 근데 우리 이렇게 다정하게 얘기하다 루머라도 돌면 어째?"

채린이 제 입을 가리고 픕 웃었다.

"재건 오빠랑 루머 돌면 나야 감사한 일이죠. 바로 몇 자리 떨어져 앉아 계신 쿨시크한 분도 덕분에 편해졌다며 고마워할걸요?"

"하하하."

할리우드에 진출한 유명 배우의 오프닝 무대와 함께 시상식이 시작되었다. 화려한 조명과 음향이 사방을 아울렀다. 관객들의 함성은 최고조에 달했다.

'도준이가 수상했으면 좋겠는데.'

'바다가 있었다'가 아닌 '스무 살의 여름'이라도 상관없었다. 도준이 수상하기를 재건은 속으로 바랐다. 별달리 내색을 한 건 아니지만 얼마나 상을 원하는지 예전부터 느껴왔던 까닭이다.

'역시 심동엽이야. 저렇게 말을 잘할 수가 있나.'

재건은 속으로 감탄하며 진행을 맡은 MC의 입담 속으로 빠져들었다. 수상에 대한 부담감은 일절 없이 이 시간을 즐길 마음이었다.

하지만 몇 좌석 옆의 도준은 그렇지 못했다. 초조한 기색으로 두 다리를 떨었다. 이따금 엄지손톱을 깨물기까지 했다.

수상에 대한 열망 때문에 MC의 말이 머리에 들어오지도 않는 판국이었다.

MC의 진행이 계속되었다.

"수상자들의 수상 기념 인증 샷은 공식 트위터를 통해서 실시간으로 올라갑니다. 추첨을 통해 푸짐한 선물을 드리니 많은 참여 부탁드리고요. 지금부터 제51회 백송예술대상 시상식을 본격적으로 거행하겠습니다."

TV 부문 남자 신인 연기상이 첫 시작이었다.

다섯 명의 후보가 영상으로 올라왔고 뒤이어 수상자가 발표되었다. 수상자는 박수갈채를 받으며 단상 위로 올라갔다.

도준이 느끼는 초조함은 극에 달했다.

이제 자신의 차례가 다가왔다. 이 수상 소감이 끝나고 나면 바로 영화 부문 신인 연기상 수상으로 이어지기에.

'카메라는 어디어디 있는 거지?'

도준의 두 눈이 사방을 바쁘게 오갔다. MC를 포함해 시상식 관련 스태프들은 수상자 내역을 이미 알고 있다. 따라서 발표 직전에 카메라맨이 수상자의 얼굴을 비춘다. 놀라는 장면을 포착하기 위해서다. 당연히 도준도 이 점을 인지하고 있었다.

재건의 옆에 앉은 채린도 꽤나 초조한 듯이 두 손을 모아 꼼지락거리기 바빴다.

가만히 보고 있을 수가 없어 재건이 나직이 속삭였다.

"걱정하지 마. 수상할 수 있을 거야."

채린이 쓰게 웃으며 고개를 가로젓고는 대답했다.

"난 수상 안 했으면 좋겠어요."

"무슨 소리야. 수상하면 좋은 일이잖아."

"수상하면 분명히 울 거거든요. 영화도 아니고 사람들 앞에서 질질 짜는 거 보면 가슴 아플 것 같아서요."

재건이 도준 쪽을 힐끗 보고는 웃으며 대꾸했다.

"아까 너도 말했지만 저렇게 쿨시크한 인간이 울겠어?"

"울게 돼 있어요."

재건은 더 말을 잇지 못하고 시선을 거둬들였다.

배우로서의 성취감 외에 울음을 터뜨릴 특별한 사연이 있는 걸까?

생각해 봐도 짚이는 바가 전혀 없었다.

"……자. 그럼 이제부터 영화 부문 남자 신인 연기상 후보를 만나 볼까요?"

재건이 퍼뜩 정신을 차리고 정면을 바라보았다.

사방이 어두워지고 무대 뒤를 차지한 영상이 눈부신 빛을 뿜어냈다. 후보로 뽑힌 5명의 배우의 모습이 차례차례 화면을 스쳐 갔다.

마지막 후보는 '바다가 있었다'에서 주연을 맡은 도준이었다.

"자, 그럼 수상자를 발표하겠습니다. 제51회 백송예술대상 영화 부문 남자 신인 연기상……."

한껏 높아진 기대 속에서 장내가 고요해졌다.

도준은 두 눈을 감아버렸다.

오로지 어둠뿐이었다.

이제 불과 몇 초 후면 수상자가 발표된다. 하지만 자신에게 다가온 카메라맨은 없었던 것이다.

'끝났어……. 미안해. 다음 작품으로 잘할게.'

신인 연기상은 처음에 받지 못하게 되면 끝이다.

더 이상 기회는 없으리라는 게 그의 판단이었다.

도준은 사랑하는 사람을 향해 속으로 몇 번이나 사죄를 곱씹었다.

바로 그 직후.

"바다가 있었다의 박도준 님, 축하드립니다!"

두 눈을 뜨기 전에 함성이 먼저 고막으로 파고들었다.

연이어 어두웠던 시야가 걷히고 눈부신 빛으로 채워졌다.

얼떨떨해서 일어설 생각도 못 하고 있는 도준의 낯 위로 카메라가 바짝 붙어 있었다.

재건이 태성의 등 뒤로 손을 뻗어 도준의 어깨를 쳤다.

"뭐해? 박수 소리 안 들려? 빨리 나가."

"어, 어어……."

도준이 재건에게 떠밀리듯 앞으로 나아갔다. 세로로 길게 이어진 무대를 가로지르는 그의 머리 위로 스피커가 말하고 있었다.

"영화, 바다가 있었다에서 살아남기 위해 독해져야만 했던 건달 배역을 맡아 인간미 넘치는 연기를 선보인 박도준 씨. 폐부를 파고드는 열연으로 하루하루 빠르게 성장하며 배우로서의 입지를 다져 가고 있습니다. 축하드립니다!"

도준은 함성과 박수 속에서 트로피와 꽃다발을 받아 들

었다. 그리고 수상 소감을 하려고 마이크 앞에 섰다. 겸연쩍은 기색으로 웃으며 관객석 곳곳을 두리번거린 끝에 그는 가까스로 입을 열었다.

"어어……. 음, 너무 감사드립니다. 바다가 있었다를 좋게 봐 주신 관객 여러분께 정말 감사드리고요. 또 음, 어…… 윤태성 감독님, 믿고 지지해 주셔서 역시 감사드립니다. 그리고 음…….."

도준은 허공으로 눈을 치켜뜬 채 혼자 고갯짓을 하며 소감을 이어가고 있었다.

특유의 무심한 목소리도 그대로였다. 그를 싫어하는 사람들은 이번에도 건들거리기나 한다고 욕을 할 만한 모습이었다.

하지만 그런 것이 아니었다. 채린은 물론이고 2층에서 지켜보고 있는 매니저 태봉, 여기에 재건마저 알고 있었다.

무대 위의 도준이 숨도 제대로 쉬지 못할 만큼 얼마나 가슴을 떨고 있는지.

"현장에서 언제나 제 손발이 되어줬던 태봉이 형, 고마워. 그리고 위대한 글을 써준 작가님이시자 나의 벗 하재건, 고맙다. 또…… 어…… 고생해 주신 우리 스태프 여러분, 몇 번이나 감사하다고 말씀드려도 모자라요."

도준의 말은 점점 더 느려지면서 자주 끊겼다.

촉촉이 젖어들고 있는 두 눈은 객석에 앉은 재건에게도 또 렷하게 보였다.

도준이 울지 않으려는 듯 이를 악물었다.

초대형 스크린을 통해 그 표정이 비치자 2층의 관람객들 이 일제히 함성과 박수를 보냈다. 아이러니하게도 그들의 응 원은 오히려 도준의 감성을 폭발시키는 계기가 됐다.

"세상에서…… 세상에서…… 아."

도준이 말을 잇지 못하고 울먹였다. 2층의 태봉은 가슴이 시려서 자기도 모르게 눈길을 돌렸다. 그는 도준이 무슨 이 야기를 하려는 건지 이미 눈치를 챘다.

"세상에서…… 최고로 사랑하는 우리 형……."

도준의 목소리가 울음으로 뒤틀렸다.

그에게 형이 있었다는 사실을 이제야 알게 된 재건은 시선 을 고정시킨 채로 목울대를 울렸다. 가족들과 소원하다는 얘 기만 지나가듯 들었을 뿐 아는 것이 거의 없었다.

"아버지, 어머니를 대신해서 나 잘 키워준 거 너무 고맙 고……! 아, 너무 고맙고 근데……!"

도준이 콧등을 한껏 구기며 또 말을 멈췄다.

터진 눈물을 걷잡을 수가 없었다.

줄기차게 흘러내리는 눈물이 구두를 적시고 있었다.

"이렇게 상까지 받았는데 형을 못 봐……. 나 키우느라 우리 동네 건물이란 건물 외벽은 전부 형이 페인트칠했는데. 나 때문에 일만 고되게 하다가…… 이거, 형. 트로피 이건데 이거 어떻게 보여주지? 이제 배우 돼서 상 받았는데, 약속을 지켰는데 정작 형은 떠나가 버리고…… 보고 싶어, 형. 너무 보고 싶어. 흐윽, 으…… 흐윽……!"

꽃다발 든 손으로 얼굴을 가리고 흐느끼는 도준을 모두가 기꺼이 기다려 주었다.

정적 속에서 적지 않은 수의 관람객이 눈시울을 붉혔다.

2층의 태봉은 시큰거리는 콧등을 쥐고 오열하는 중이었다.

시간이 지나고 얼마간 진정을 되찾은 도준이 말을 이었다.

"그리고 정말 고마운 친구가 있어요. 제게 참 많은 힘을 주는 친구인데…… 정말 고맙다."

채린을 두고 하는 말이었다.

지금껏 꿋꿋하게 참아냈던 채린의 눈에서 기어코 한 방울의 맑은 눈물이 흘러내리고 말았다.

그녀에게 물티슈를 건네는 재건도 호흡이 뜨거워졌다.

도준이 무대에서 내려가고 이번에는 신인 감독상을 시상할 차례가 왔다.

신인 연기상을 거머쥔 도준 덕분일까.

어쩐지 좋은 예감이 드는 재건의 귀로 진행자의 목소리가 들려왔다.

"바다가 있었다의 윤태성 감독님, 축하드립니다!"

재건의 옆에서 삐쩍 마른 태성이 몸을 일으켰다.

그는 지극히 덤덤한 표정을 하고 무대로 향했다. 마치 당연히 받아야 할 것을 받으러 간다는 느낌이었다.

"좋은 상 주셔서 감사드립니다. 제가 좋아하던 선배가 예전에 이런 말을 했습니다. 영화의 70퍼센트는 시나리오라고. 바다가 있었다를 찍으면서 그 말을 이해하게 됐습니다. 하재건 작가님께 참 고맙습니다."

주연배우에 이어 감독마저 재건을 언급하고 있었다.

카메라 자리에 앉아 있는 재건의 모습을 담아냈다.

멋쩍게 웃는 재건의 얼굴이 전파를 타고 생방송으로 전국에 비춰지는 순간이기도 했다.

그와 같은 시각.

재훈은 시상식장 내의 한구석에 얼굴 가득 노기를 띠고 앉아 있었다.

'이런 니미……! 심사 위원들을 어떻게 구성한 거야?!'

신인 연기상에 이어 신인 감독상마저 가져갔다.

이제 예능 부문과 교양 부문을 거치고 나면 바로 각본상 시상이 찾아온다.

만약 각본상마저 재건이 따내게 된다면?

생각만으로도 재훈에게는 정신이 나가 버릴 노릇이었다.

안 그래도 좋은 원작을 망쳤다는 세간의 조롱이 거세다. '바다가 있었다'가 3관왕을 하게 되면 조롱은 더더욱 신랄하고 적나라해질 것이다.

"감독님, 어디 불편하세요?"

"아니, 아냐. 신경 쓰지 말어."

재훈이 태연함을 가장하고 옆자리의 스태프에게 대꾸했다.

그의 관심을 일절 끌지 못하는 시상식들이 연달아 끝나고 드디어 각본상 시상의 순간이 도래했다.

후보로 뽑힌 다섯 작품의 영상과 다섯 작가의 이름이 영상으로 흘러가고 있었다.

"자, 그럼 지금부터 각본상 수상자를 발표하겠습니다."

재훈이 저도 모르게 주먹을 꽉 쥐었다.

지금까지 헤아릴 수도 없이 많은 영화제에 참석했고 수상자 발표 직전 수도 없이 긴장했었다. 자신의 작품이 수상하길 바라는 것보다 남의 작품이 탈락하길 기도하는 경우가 압도적으로 많았다.

지금 순간에도 그 성격은 그대로였다.

"바다가 있었다의 하재건 작가님! 축하드립니다!"

"……!"

재훈은 하마터면 허공에 대고 팔뚝을 휘두를 뻔했다.

박수갈채 속에서 재건이 쭈뼛거리며 일어서고 있었다.

그간 몇 번 방송 출연을 했던 것이 좋은 경험이었다고 돌아보게 되는 순간이었다. 그 정도라도 경험이 없었다면 진즉에 심장이 터져 버렸을지도 몰랐다.

재건이 무대로 향하는 사이에 스피커는 경쾌한 목소리로 그를 소개했다.

"스무 살의 여름에 이어 바다가 있었다까지 좋은 작품을 집필하셨습니다. 게다가 두 작품의 원작이 모두 경이로운 판매량으로 베스트셀러를 기록했으며, 미국과 중국 시장으로 진출한 작품들도 좋은 성과를 거둬들이고 있습니다. 지금은 신작 겨자 목욕탕의 영화화 작업으로 바쁜 나날을 보내시는 하재건 작가님, 진심으로 축하드립니다!"

트로피와 꽃다발을 받은 재건이 마이크에 대고 소감을 밝히기 시작했다.

독특한 건 없지만 진솔한 소감이었다.

사랑하는 가족에 이어 고마운 사람들을 하나하나 열거하는 그를 모두가 보고 있었다.

객석의 가족은 물론이고 직장에 있는 수희와 정진, 작가 사무실의 작가들, 래프북스의 태원과 소미까지 재건의 이 순간을 TV로 바라봐 주고 있었다.

'끄으으……?!'

증오를 담아 죽일 듯이 노려보는 사람은 재훈뿐이었다.

카메라가 적개심을 잔뜩 드러낸 그의 모습을 비추지 않은 것이 참으로 다행스러운 일이었다.

수상 소감이 막바지에 다다랐을 때.

재건은 타는 목으로 침을 한 번 삼키고는 말을 이었다.

"……제가 이런 상을 받을 수 있는 작가로 성장하기까지 큰 도움을 주신 대선배님이 한 분 계십니다. 그 대선배님께 다시금 진심으로 감사드립니다."

하루하루 생계를 걱정하던 단칸방 작가가 이렇게까지 성장했다.

모두가 위대한 대선배의 덕택이었다.

더 큰 성과를 얻어낼수록 그를 향한 감사의 마음도 곱절로 깊어갔다.

재건은 얼마 전 서건우의 집을 재차 찾아갔던 날을 뇌리에 그리고 있었다. 다시 찾아간 그곳에 서건우의 아들은 이미 없었다. 어디론가 떠나 버렸다는 얘기만 듣고 발길을 돌려야 했던 것이다.

"……앞으로도 단어 하나, 문장 하나 소중히 다루는 작가로 열심히 살겠습니다. 모두 감사합니다."

간략하게 소감을 끝낸 재건이 박수갈채를 받으며 퇴장했다.

그즈음 재훈도 자리를 박차고 일어서고 있었다. 속이 부글부글 끓다 못해 정말로 변의가 밀려온 까닭이다.

이제 자리를 지킬 필요도 없었다. 어차피 이제 1부에서 남은 건 관심도 없는 스타일상과 조연상뿐이었다.

BIG LIFE

화장실로 간 재훈은 가장 안쪽 칸으로 들어가 문을 잠그고 앉았다. 아랫배에 한껏 힘을 주고 있으려니 몇몇 사람이 대화를 나누며 들어왔다.

"대박이네. 바다가 있었다. 3관왕이잖아."

"2부에서 작품상이랑 대상도 노려볼 만하지."

재훈이 두 눈을 가늘게 떴다. 어딘가 낯익은 목소리들이었던 까닭이다.

가만히 문에 귀를 기울이자 바깥의 대화가 더욱 또렷하게 들려왔다.

"우재훈 감독님 속 좀 뒤집어지겠네. 그 실력에 똥고집 부리다가 훅 간 거지. 스무 살의 여름은 내가 봐도 심했어. 그좋은 원작을 그렇게 말아먹냐."

"말조심해. 그러다 너도 우재훈한테 스파링 신청당한다?"

"스파링이래. 이 자식 말하는 거 존나 웃기네."

재훈은 두 손에 얼굴을 묻고 바들바들 떨었다. 쇠망치로 얻어맞은 것처럼 뒤통수가 얼얼해지고 있었다.

"우재훈 다음 작품 뭐지?"

"몰라, 무슨 코믹 첩보라던데. 관심도 없어. 어차피 그 나물에 그 밥이지."

"투자자들 수준도 하여간. 육광구나 스무 살의 여름만큼만 아니기를 빌 뿐이다."

'으…… 이놈들이…….'

평소의 재훈이었다면 당장 이 문을 박차고 뛰어나가 멱살부터 잡았으리라.

하지만 그럴 수가 없었다. 백송예술대상에서 철저히 짓밟힌 지금은 욕하는 자들이 누군지 확인할 자신이 없었다.

바깥의 두 남자는 아직도 한껏 목소리를 높이며 낄낄거리기에 여념이 없었다.

BIG LIFE

재훈을 고통스럽게 만드는 그들의 쾌거는 2부에서도 계속되었다. '바다가 있었다'는 기어이 작품상까지 따내고 4관왕의 기록을 획득하고야 말았던 것이다.

2부 시상식이 끝나기도 전에 재훈은 매니저와 함께 자취를 감췄다. 작년에 이어 올해 역시 그에게 수상의 영광은 주어지지 않았다.

"하재건 작가님, 정말 축하드려요."

시상식이 끝난 후.

EBC 소속 아나운서이자 시상식에서 후방 무대 중계를 맡았던 혜상이 재건에게 인사를 건넸다.

가족에게 둘러싸여 있던 재건은 반색을 하고 돌아보았다.

"정말 좋으시겠어요. 저는 하 작가님께서 받으실 줄 예상하고 있었어요. 이제 시작이에요. 앞으로 훨씬 더 큰 상 연달아 받으시게 될 거예요."

"고맙습니다. 저도 중계하시는 거 잘 봤습니다. 오늘도 정말 아름다우세요. 진행도 깔끔하시고요."

혜상이 그윽한 미소를 도톰한 입술에 담뿍 머금었다.

은연중 재건의 가족들과 시선이 마주치자 그녀는 허리를 숙여 보이며 말을 이었다.

"안녕하세요. 아나운서 박혜상입니다. 하재건 작가님과는 작가의 서재랑 문학과 산책 녹화하면서 뵙게 되었어요. 인사가 늦어서 죄송합니다."

"아, 아이구. 안녕하세요."

명자와 재인이 수줍어하며 인사를 받았다. 재건의 방송을 안 봤더라도 EBC 방송의 간판과 같은 그녀의 존재를 모를 리가 없었다.

"겨자 목욕탕 즐겁게 잘 읽었어요. 이번 소설도 좋은 영화로 만들어지길 기대하고 있어요."

"매번 고맙습니다."

"정말 고마우시면 맛있는 거라도 사세요."

"네? 아, 그러겠습니다."

커다란 혜상의 두 눈이 초승달처럼 웃고 있었다.

"인사치레 말씀이라도 감사하네요. 그럼 전 이만 가 볼게요. 조만간 또 뵈었으면 좋겠어요. 어머님 아버님, 그리고 누님분도 조심히 돌아가세요."

혜상이 인사를 남기고 돌아섰다.

작아져 가는 그녀의 뒷모습을 바라보며 명자가 중얼거렸다.

"저 아가씨도 엄청 곱네. 단아해. 기품 있어. 능력도 엄청 좋을 텐데."

재인이 뜨악한 표정으로 몸을 뒤로 빼고는 말을 받았다.

"수희가 훨씬 예쁘거든?"

"근데 얘, 재인아. 저 아가씨도 재건이한테 맘 있는 거 같지 않았니? 아니고서야 굳이 여기까지 와서 말을 걸겠어?"

"그만 좀 하셔. 야, 재건아. 너 한눈팔면 큰일 난다. 누나 말 무슨 뜻인지 알지?"

"그래, 저 아가씨도 예쁘긴 하지만 엄마도 사실 수희가 훨씬 예쁘다고 생각해."

별안간 과녁이 자신에게로 옮겨지자 재건은 이맛살을 가볍게 찌푸리며 웃었다.

어머니와 누나의 말은 잘못되지 않았다.

세상에서 가장 예쁜 여자에게 전화를 걸기 위해 그는 핸드폰을 꺼내 들었다.

BIG LIFE

[영화 바다가 있었다, 백송예술대상 4관왕 달성!]

[각본상 수상한 하재건 작가, 또 다른 이름 풍천유로 중국에서 폭풍 성장!]

['바다가 있었다' 미국 시장에서 3쇄. 진출은 성공적?]

[EBC 아나운서 박혜상과 작가 하재건, 시상식장에서의 화기 애애한 한 순간]

[윤태성 감독, '하재건 작가에게 가장 큰 공 돌려야']

[국내 시장 올킬! 하재건 작가의 다음 타깃은 어디인가?]

제51회 백송예술대상의 가장 큰 화젯거리는 단연코 '바다가 있었다'였다.

원작을 썼고 시나리오까지 맡은 재건을 향한 관심도 한껏 드높아졌다. 온갖 매체에서 그의 전작과 지금까지 걸어온 길을 앞다투어 재조명하고 있었다.

시끄러운 뉴스와 달리 재건은 제법 조용하고 편안한 나날을 보내고 있었다.

'오스카의 던전'을 쓰면서 겸사겸사 '겨자 목욕탕'의 영화 시나리오 작업을 병행하는 중이었다.

계절이 6월 중순으로 접어들 무렵, 재건은 점심 식사를 하자고 제안한 명석과 만났다.

"생일 축하드립니다, 선생님."

"우와아……. 이, 이거! 2016년 제니시스 EQ900 리무진!"

연우가 은빛의 신차를 보자마자 기겁하고 소리쳤다.

재건과 달리 그는 차에 대한 지식이 상당한 편이었다. 이 차의 가격이 1억 5,000만 원의 고가라는 것도 당연히 숙지하고 있었다.

'이 차가 생일 선물이라고?'

재건은 어안이 벙벙해져 명석을 쳐다보았다.

점심 식사를 함께 하자는 명석의 말에 별생각 없이 연우와 함께 나왔다. 그러나 뜻밖에도 그를 기다린 건 생일 선물이란 명목으로 놓인 이 초대형의 호화로운 세단이었던 것이다.

명석이 안경을 고쳐 쓰며 말했다.

"선생님께서 외제차를 좋아하시지 않는다는 점을 잘 알고 있습니다. 그래서 나름 고민 끝에 고른 차종입니다. 부디 받아주셨으면 좋겠습니다."

재건은 멍한 시선을 차 쪽으로 옮기며 생각했다.

혹시 명석도 얼마 전 시상식 때의 그 일을 알고 있었던 것이 아닐까.

아무 일도 없이 이런 선물을 할 명석이 아닐 터였다.

"선생님께서 저희 웅성에 해주신 것에 비하면 이런 차 한 대 대수로울 것도 없습니다."

재건이 사양할까 봐 미리 덧붙이는 명석이었다.

여전히 연우는 차 주변을 연신 기웃거리며 좀처럼 감탄을 그치지 못하고 있었다.

명석은 재건이 아니라 그에게 키를 넘겨주며 말했다.

"매니저님께 키를 드려야겠지요."

"아아, 네. 감사합니다. 그럼, 타봐도 될까요?"

"제가 아니라 하재건 선생님께 여쭤보셔야지요."

"아아, 아하하하하! 네, 그, 그렇죠? 재건이 형, 빨리요. 얼른 형이 먼저 타보셔야죠. 형 차란 말이에요."

연우와 명석이 빨리 시승하기를 눈으로 재촉했다.

재건은 명석에게 고개를 숙여 보이고는 조수석으로 가 문을 열었다.

"와, 형……! 이거 완전 비행기 1등석! 독서, 영상 시청, 릴랙스까지 버튼만 누르면 착좌 모드 다 바뀌어요!"

"좋아서 숨넘어가겠다, 아주."

"뒷좌석 넓은 거 보세요! 축구도 할 수 있어요! 아, 살 떨려! 진짜 장난 아니고 살이 막 떨려!"

이번만은 괜한 호들갑이 아니었다. 핸들에 손을 붙인 연우의 몸이 혹한에 내던져진 것처럼 와들와들 떨리고 있었다. 이토록 희열을 느낄 만큼 국산으로서는 최고급의 자동차인 것이다.

"진작 이런 차를 사셨어야 했어요."

핸들을 두 손으로 잡은 연우의 목소리가 진중해졌다.

"이런 차가 형에게 어울린다고요. 형은 원래 그런 거 전혀 신경 안 쓰신다지만 저는 솔직히 속상했어요. 형 모시고 운전하면서 여기저기 다닐 때마다 차 힐끗거리면서 쑥덕이는 사람도 꽤 있었고요. 이게 형의 차예요. 이게 작가 하재건의 차라고요."

"그만하고 안전벨트나 매. 시승 안 할 거야?"

"네, 형. 근데 정말…… 제가 먼저 몰아도 되는 거예요?"

"너 내 매니저잖아. 뭔 헛소리야."

"아, 형. 진짜 너무 좋아요……! 라디오 좀 틀어볼게요!"

연우가 라디오를 틀었다.

스피커를 통해 뉴스 속보가 흘러나오고 있었다.

─어제 저녁 서울 서대문경찰서는…….

한 대기업의 대표가 경비원을 폭행했다는 뉴스였다.

하지만 재건은 연우의 호들갑 때문에 내용을 알아들을 수
가 없었다.

to be continued

레벨업 어게인

LEVEL UP AGAIN

잘은 모르겠지만 과거로 돌아왔다.

최단 기간, 최고 속도 레벨 업, 노블레스 등급 클리어.
생각지 못했던 행운들에 시스템상 주어지는 위대한 이름,
앰플러스 네임까지.

모든 게 좋았다.
사랑했던 여자도 이젠 지킬 수 있을 것 같았다.

[앰플러스 네임 '빛의 성웅'이 성립됩니다.]

그런데 뭐냐. 이 요상한 이름은……?
나 그런거 아닌데. 아 진짜. 아니라니까요.

포텐

POTENTIAL

어떤 사물에는 그것을 오랜 기간 사용한
사람의 잠재된 능력이 고스란히 담긴다.
그리고 난 그것을 사용할 수 있다.

천재 디자이너, 죽은 이도 살리는 명의,
감성을 울리는 피아니스트, 바람기 가득한 첩보원.
그 누구라도 될 수 있다. 단, 애장품만 있다면!

달인의 눈으로 세상을 바라보는,
유쾌한 민호의 더 유쾌한 애장품 여행기!

REBIRTH
ACE 리버스 에이스

한승현 장편소설

프로 선수 16년. 코치 6년.

가늘고 길게 평범하게만 살아왔던
특출한 것 없는 야구 인생이었다.

그때 조금만 더 열심히 할걸.
고등학교 시절로 돌아간다면,
정말 좋은 투수가 될 수 있을 텐데……

**후회하며 잠든 그가 눈을 떴을 때,
그는 과거로 돌아와 있었다.**

불세출의 에이스가 되기 위한
한정훈, 그의 빛나는 인생이 시작된다!

반자개 장편 소설
WISHBOOKS MODERN FANTASY STORY
건축의 신
누구도 내딛어 보지 못한
그 한 걸음을 내딛는 자!
평범한 가구 회사에 다니던 성훈
그러던 어느 날,
사고로 인해 20년 전으로 돌아왔다!
다시 시작하는 삶.
절대로 헛되이 보내지 않겠다!
세계 최고의 건축가가 되기 위한
성훈의 활약이 펼쳐진다!

내 안에 몬스터 있다

형상준 현대 판타지 장편소설

태양의 흑점 폭발과 함께 새로운 시대가 찾아왔다!

마나와 능력자, 그리고 몬스터가 존재하는 현대.
그리고 그곳을 살아가는 마나석 가공 판매업자 김호철.
평소처럼 마나석을 탄 꿀물을 마시던 그는
번개에 맞고 신비로운 힘을 각성하게 되는데……

'내 안에서 몬스터가…… 나왔다?'

그것도 김호철이 먹은 마나석의 개수만큼 많이.